CONQUÉRIR
LE CIEL

www.editionsphebus.fr

ISBN : 978-2-7529-1249-7

« … à la fausse aurore, quand les coqs éberlués chantent une fois, s'étonnent dans l'isolement de leur cri, se rendorment ; combien noire encore est la nuit. »

Pierre Michon, *Vies Minuscules*

L'AIR EXHALAIT SON HALEINE GIGANTESQUE sur ce coin de pays. Le vent était puissant et les nuages véloces. Depuis l'horizon ils formaient un train dont les wagons passaient et repassaient. Derrière la grange, ils caressaient la colline et laissaient accrochés à la cime des arbres leurs rebuts en forme d'écharpes. Leur blancheur discrète écrivait dans le vert du coteau des énigmes rapidement dénouées.

L'amoncellement des crêtes formait des nuances d'une couleur qui se délavait jusqu'à l'horizon. Depuis le vert des prés, imbriqués les uns dans les autres, leurs strates glissaient par éloignements successifs jusqu'au bleu. À l'extrémité du paysage, au point de jonction de la crête la plus haute et du ciel, la terre élimée s'évanouissait dans le gris. Plus tard en fin de journée, il était bien difficile de dire à quel endroit la couleur s'était ainsi dispersée, et à quel instant la lumière mourrait pour de bon.

Les cumulus passaient comme autant de têtes de bétail dociles et muettes. On respirait ici à la vitesse de la lumière qui décroît. On portait loin le regard, encore après les dernières choses mobiles. On s'en remettait à la délicatesse, les mains ouvertes et les paumes en avant.

Au milieu se tenait le domaine dans son îlot de verdure. Au fil des années, la femme et l'homme s'étaient entourés des arbres qui leur étaient devenus comme autant d'enfants. Des fruitiers bien sûr, dont ils guettaient les fruits chaque année depuis la fleur jusqu'à leur éclatement. Des arbres aimés pour leur écorce simplement. Ou pour leur silhouette. Certains pour leurs dialogues, à peine audibles dans la brise. Un tilleul majestueux trônait en bordure de la maison, tantôt brassant le silence, tantôt atténuant la bourrasque. Autour, prés et landes s'imbriquaient, bordés de ronces contiguës et d'aubépines renfrognées.

L'ensemble était une ancienne ferme. On en percevait, même de très loin, la robustesse. Elle avait ces pierres qu'on place sur les angles pour affronter les assauts. Les ouvertures étaient surmontées de linteaux. On se demandait si ça pouvait être l'homme, ce paysan herculéen qui les avait hissés à une telle hauteur. On imaginait les muscles de son dos nu, ses bras veinés et la sueur qui lui perlait dans les reins. Mais non, ça ne pouvait pas être lui, il était bien trop fin. Certains des linteaux étaient fendus et pourtant ils ne s'écroulaient pas. Ils supportaient toute la ferme sur leurs épaules. Elle était vitrifiée dans le paysage et immobilisée dans le temps.

Les nuages doublaient la bâtisse sans relâche en appuyant à l'endroit du faîtage. Ils s'affûtaient sur le tranchant des tuiles. Le toit couvrait, disjointement par endroits, un étage où, jadis, on accumulait le foin. D'autres avant eux appelaient ça le fenil, puis le mot s'était perdu.

La ferme avait un perron juste à gauche du banc. On y enlevait ses bottes en les bloquant dans un arceau scellé. On tirait ensuite vers l'arrière et le pied se retrouvait tout pantelant dans l'air. Flétri avec sa chaussette humide rabattue jusqu'aux orteils. L'hiver, les pieds fumaient comme des bûches dans le froid. On posait un pied nu sur la pierre qui s'en humectait et on chaussait vite des pantoufles. Alors le chaud du logis tout d'un coup nous enveloppait. Sa cuisine à marmites. Ses plantes qui pendaient pour sécher. Toutes les expérimentations florales de la femme. Chaque année elle semait puis récoltait de vieilles variétés. Presque toutes interdites. Elle en conservait les graines pour les inventorier puis pour les ressemer. La partie habitée avait une grande dalle en pierre polie pour perron.

L'homme avait sa ferme ; il avait femme aussi, ses fesses, ses cheveux, sa main et sa caresse. La femme avait sa ferme, ses boutures, son homme ; elle avait sa force, ses silences et sa barbe.

Tout baignait dans l'onctueux et le délicat. Le tilleul monumental incurvait ses branches au bord des vitres du salon. Personne n'avait jamais songé à le tailler. Les prés ondulaient sous les rafales. Les vents par endroits accentuaient leur pression, par pure malice d'invisibles et tyrannie de puissants. Les épis fléchissaient, créant des dépressions concaves qui partaient ensuite dans des directions imprévisibles. La lumière, rasante, projetait des ombres alentour ; jamais les mêmes, fonction de l'heure, des jours et des saisons.

Cette ferme, ils l'avaient achetée un jour qu'ils se baladaient. Ils avaient passé un petit col et l'avaient aperçue. Nichée dans un creux, cachée comme un grain de beauté sur une poitrine.

Une vieille dame était là. Elle les fit asseoir sous le tilleul et les regarda. Elle était usée et seule pour entretenir quatre poules. Seule pour chasser un blaireau la nuit dans la remise et poursuivre le renard. Seule pour alimenter d'une bûche le poêle bouilleur une fois le matin et une fois au début du soir. Dessus, ronronnait en permanence une gamelle remplie d'eau frissonnante. La vieille dame était belle et la ferme c'était les ans. C'était l'accumulation des jours. La vieille avait des cheveux blanc famine. Des fils de soie, et sa peau était transparente. La femme et l'homme burent son jus de pomme et goûtèrent sa pâte de coing. Elle leur confia qu'elle allait quitter l'endroit. Ils lui soufflèrent qu'ils allaient l'habiter.

L'ENFANCE C'EST DE LA MERDE. Je garde mes yeux grands ouverts alors qu'il fait entièrement noir. La douleur au crâne et à l'épaule est en train de cuire. Mon sang fait des boum sous mes tempes et derrière les oreilles. Les pulsations s'additionnent à l'acouphène. J'essaie d'entendre. On pense que je dors après la raclée que je viens de recevoir, mais je décode les sons. Je traite le signal. Derrière les résidus de paroles qui me parviennent, j'interprète les hauteurs de fréquence. Je crois que j'entends une personne pleurer. Frottées sur les murs, les paroles échappent aux mots et deviennent des bruits déformés qui s'amalgament et rôdent dans les ténèbres. J'entends circuler le malheur.

Avant la nuit, ma mère avait préparé un repas. La lumière glaiseuse, le plafond bas. Les assiettes réparties autour de la grande table. Ma mère en face de mon père. Moi et à côté mon petit frère. Sur le dessous-de-plat, la soupe fume. Cheminée sévère avec des volutes de vapeur très belles.

Le père croise les bras sur son énorme ventre. Entre les boutons de la chemise, ça bâille. Quatre-vingt-quinze, voire cent kilos. Il pousse un grognement. Il aime quand il y a la graisse du porc, du lard qui fond. Ça fait des ronds de gras à la surface. Mon frère et moi on rechigne un peu car la soupe n'est pas mixée et le gras on n'aime pas. Le père préfère. Pour nous, peut-être que ma mère va mixer les légumes dans un plat à côté. Ça pose pas particulièrement de problème à ce stade, du moment qu'il en reste pour le père. Il dit que c'est meilleur et que la soupe de légumes, on la mange avec les légumes, pas avec du potage. Il dit que c'était comme ça autrefois dans les campagnes, que y'avait pas de mixeur, que la vie était rude et qu'on devait aller garder les vaches. Je demande en quoi c'est rude d'aller garder les vaches. Je viens de commettre une erreur.

La lumière diminue encore. Quand mon père penche la tête vers l'avant, il rencontre son ventre. Au niveau du cou, ça fait un espace entre le col de sa chemise et sa nuque. Il a le visage à quelques centimètres de l'assiette. Des fois, quand il fait jour, ma mère met des disques. Y'a Prendre un enfant par la main, y'a Les Copains d'abord (j'aime bien), et puis y'a une chanson où le chanteur dit que ça fait des grands « chleugh, chleugh ». Ben là, pareil. C'est de la mécanique. Sa cuillère fracasse l'assiette, elle remonte débordante, un légume surnage.

Sa bouche se penche encore plus et engloutit la pelletée. Le voisin construit tout seul sa maison. Il a une bétonnière et, dans la gueule, il envoie des pelletées de sable pendant qu'elle tourne. Ça coule sur les côtés et sur le menton, tombe sur la chemise, la toile cirée, ou dans l'assiette, fonction de ce qui est dessous. Ça pardonne pas, la verticale. Le père rattrape avec la cuillère le liquide qui goutte sous son menton. Un rapide revers de main et c'est reparti. Y'a un problème ? Il est le père, il est dans sa maison, il l'a achetée, l'a même fait construire. Elle est flambant neuve avec un crépi entre le rose et l'ocre. Dans ce quartier résidentiel, sa maison est la plus grosse et la plus visible. Ses plans à lui. Il a dessiné. Il a du talent, il est meilleur que les architectes, dit-il. Le paysagiste a mis des palmiers partout. Ça fait riche, les palmiers, il y en a à Miami. Il est chez lui. Avec sa femme. Sa soupe. Ses enfants. Depuis dix minutes, nous, on la boucle. Il est où, le problème ?

Mon frère et moi on se chamaille volontiers. On est jeunes. Je suis le plus grand, je viens d'avoir huit ans. Mon frère a cinq ans et demi. Lui, il est dans l'enfance, il ne sait rien encore de ce qu'est la famille, il ne sait pas ce qu'est la violence. De la douleur il ne connaît que les genoux en sang après les chutes de vélo dans le chemin. C'est-à-dire rien. Ma mère s'y connaît pas non plus. Elle comprend bien qu'il y a un goût de pourri dans cette vie, dans laquelle elle s'est laissé entraîner. Elle ne sait pas comment corriger le tir. Elle ne sait pas si elle peut. Elle a peur. Elle dit pourtant « Jean. Tiens-toi bien, s'il te plaît. »

Mon père a pas entendu, il a pas compris. Il relève le mufle et promène son groin. C'est un sanglier.

Il est temps pour lui de se faire resservir. Les trois autres assiettes sont encore pleines. Qu'importe, puisque la sienne est vide. En plus de la soupe qui lui dégouline sur le bas du menton, il y a son nez qui coule sur la lèvre supérieure. La nourriture le met dans un état primitif. Il tend son auge à ma mère pour qu'elle le resserve. Il lui demande de répéter. Il pense qu'elle va lui parler d'une prochaine consultation ou d'un collègue de la maison médicale. Chaque jour c'est ainsi. Il parle, sans interruption, fume cigarette sur cigarette. Il aspire la fumée en avançant la mâchoire inférieure. Avec le pouce et l'index qui pressent la cigarette au-devant du filtre, ça fait une sorte de menace. Ma mère objectera, il démontrera le contraire, elle opinera, il la rabaissera et la ramènera à son avis.

Il est médecin de campagne, elle est obstétricienne. Elle aide la vie à se faufiler. Lui, il deale avec la mort qui loge dans les ravins, ou qui surgit des machines agricoles. Il aura le dernier mot, toujours. Il faut connaître son rang et s'y tenir ; valable pour elle bien sûr, mais surtout pour lui. Et son rang c'est d'avoir le dernier mot, le plus fort, le premier, le dernier.

La mère dit que c'est aussi sa table à elle, et sa maison, et son repas, et sa vie. Elle redit « Tiens-toi bien, s'il te plaît ». Il tousse. Tiens-toi bien de quoi ? Nous les gosses, on a arrêté nos mâchoires. Je place ma main droite sur la table. Prêt. Ma mère n'aura pas le temps d'expliquer. Les mots lui manquent, elle voudrait dire « digne », et détailler en expliquant la cuillère qui est trop pleine et donc déborde. La soupe qui retombe, et gicle. Expliquer les coudes sur la table. Elle pense : on n'est pas dans une porcherie. Lui, il vient d'une famille où l'on s'enorgueillit d'avoir jadis emmené glander les porcs. Mais aujourd'hui on n'est plus à la table d'une ferme du Velay. On est à celle d'une famille de médecins. Certes des médecins de campagne, mais respectables, pense-t-elle.

Mon père fait tomber son poing sur la table, et rien qu'avec le poids les verres font un bond. Avec la force en plus il y a le bruit et la vibration dans l'air.

C'est comme ça que tout commence à chaque fois. Ne pas être reconnu à sa juste valeur, devoir se plier à des conventions qui ne lui rapporteront aucune gloire. Alors, sa voix se soulève. C'est le roulement dans la montagne, une brouette de gravat, un tas de cailloux. Ma mère parle avec des mots mais la bête envoie des pierres, crache des débris. Elle retourne des champs à l'aveugle. Ma mère pense qu'il y a des oreilles au bout des mots, mais mon père les entend avec les poings. Elle lance des noisettes, lui balance des parpaings. Sa voix c'est de la flûte, la sienne le tonnerre. Les pavés fracassent les vitres. Le grondement roule du plateau des Cévennes, tombe dans les vallées, arrache du gravier dans les roubines et fait trembler les tuiles. La voix se nourrit de tout, elle gonfle comme un nuage grossit et gagne en altitude. À sa base s'élargit la menace.

J'ai pas mangé beaucoup de soupe. « Ça sent le pâté. » Dans la cour, à l'école, y'en a qui le disent. En fait, c'est la transpiration qui macère dans la peur. Je sais que l'orage va tomber. Il ne lui suffit pas de gronder et de rouler, il faut qu'il frappe. Il faut que la terre prenne, que ça dérouille. Le nuage se défera comme une baudruche, il ira déféquer quelque part au-dessus de la mer, il repartira dans l'éther, en filaments ; certains diront « Joli coucher de soleil ces sombres nuages sur les Cévennes ! » Mais la terre aura un trou dedans quelque part dans la lande, un arbre mort, une herbe rase, un carré désert. Si la foudre tombe sur ma mère je vais morfler de la voir s'effondrer, encore une fois. C'est une lame qui me fouille.

Je crie au maximum. « Arrêtez ! » De toutes mes forces, moitié cri, moitié sanglot. J'ai tout mis, y'a plus d'air dans mes poumons. Ma mère pleure en face de moi. Je la vois entre mes yeux brouillés. Les siens me disent que je ne pèse rien puisqu'elle-même ne fait pas le poids. Et nos yeux créent un lien par larmes interposées. Cette seconde d'arrêt me permet de pleurer même si ce n'est pas pleurer que je veux mais redire « Arrêtez ! » pour que la suspension dure encore. Pour prolonger le miracle. Mais la main s'est déjà emparée de moi.

LA MAIN DE MON PÈRE-SANGLIER est velue. Tout mon bras est immobilisé. Il desserre la pression pour je ne sais quelle raison de bête. En un éclair, je me défais de l'étreinte et glisse sous ma chaise. Je pars en courant et en pleurant, et je crie comme un damné « Arrêtez, arrêtez, arrêtez » pour faire durer les secondes en suspension qui sauvent ma mère. Je cours dans un déboîtement de membres débiles, emmenant les astres, les pentes raides des Cévennes et les chutes de pierres. Je me réfugie à l'étage. Oh non, pas dans ma chambre – pas fou, le jeune démon – mais dans un passage entre les chambres, le grenier et les toilettes. En théorie, j'ai quatre directions pour m'échapper. Tout au bout, mon père s'est installé un immense bureau de médecin. Il s'y rend par un escalier indépendant qui ne dessert que sa pièce. Dans la marge de gauche de certaines feuilles, on peut lire toute son histoire :

chef de clinique, interne des hôpitaux de Marseille, diplômé de l'académie de etc., etc. Sur certaines, il a fait sa signature des dizaines de fois. Ministériel le bureau, avec des enveloppes à en-tête, une règle en bois, un coupe-papier, des tampons-encreurs et du papier buvard.

Le démon c'est une chose, mais le diable c'en est une autre. Mon père a tiré sa chaise. Ma mère dit « Nooooon ! » Dans mon oreille cascadent et se répondent mes pleurs et leur écho. Je n'entends pas les pas lourds sur le carrelage du rez-de-chaussée. Je n'entends qu'à partir du moment où le sanglier pose sa masse sur la première marche de l'escalier. Mon oreille et mon cerveau n'ont pas envisagé cette donnée car il ne hisse jamais ses cent kilos à l'étage jusqu'à nos chambres. Du coup, j'ai la panique qui monte en flèche au niveau des poumons. Mes yeux deviennent des oreilles, ils ne voient plus, ils écoutent. Je connais tous les sons dans la maison. Je suis expert en signal de bas niveau, un pro des fréquences. L'information se faufile en ligne directe jusqu'à mon cerveau. L'escalier, c'est quatorze marches, pas une de plus. Après, la moquette ; pas du tout le même son. Le bois plie anormalement, beaucoup plus que d'habitude. Cent kilos, c'est inhabituel. Trois marches sont gravies maintenant.

Je me blottis, la tête bien rentrée dans les genoux. Avec ce qui me reste d'enfance, j'ai l'espoir d'être devenu invisible et qu'on ne me trouvera plus jamais. C'est mignon. Mais c'est sans compter l'instinct des bêtes et le besoin de frapper. Les mains autour des chevilles, je resserre mes orteils. Tout compte, même compacter les doigts de pieds. Dans mon dos il y a la porte du grenier où j'aurais pu me réfugier. Je le connais mal, ce grenier. Il faudra que je l'explore. Ça a l'air de rien les gosses, mais c'est stratégique. Ce petit couloir est sombre, j'ai des chances de m'en sortir, pas beaucoup. Mon père défonce la porte de ma chambre. Sa voix roule. Ce ne sont pas les mots qui font peur, mais les cailloux. Je ne suis pas trouvé, la voix résonne, les cailloux pourraient se briser sur les murs mais ils deviennent rochers. Ce ne sont pas les murs qui tremblent, c'est l'étage. Ce n'est pas la terre qui se dérobe, c'est le monde.

L'HOMME AVAIT TOUJOURS PARLÉ TRÈS PEU. La femme l'avait connu tel et s'était accoutumée. Elle s'était tue lorsqu'il était venu à raconter. Il avait commencé, apparemment sans raison, en regardant devant lui entre le soir et la nuit. Plus aucun insecte ne faisait entendre son bourdonnement dans le tilleul. Rangées, les abeilles et aussi rangé, le vent. On percevait juste le ronronnement de la rivière loin en contrebas. Elle avait retenu sa respiration pour ne rien interrompre. La lumière avait encore décru. L'ombre gagnait et les vallons rivalisaient d'obscurité.

C'était l'heure où les pierres restituaient la chaleur emmagasinée pendant la journée. Ils étaient assis sur le banc. Dans leur dos, le mur faisait un onguent sur la peau. Plus tard dans la nuit, les prés autour renverraient leur chaleur vers les couches les plus élevées de l'atmosphère. Ce processus, paradoxalement, créait du froid. Il viendrait condenser l'humidité à la surface de la Terre. Du chaud arriverait le froid. Demain, ils verraient une langue de brouillard se dissiper péniblement. Une couche habile s'accrocher dans les feuillages.

En attendant, la parole, enrobée dans le soir et la douceur, s'élevait lentement. Pour l'entendre il fallait écouter, et pour voir, fermer les yeux. Ce que racontait l'homme n'était pas destiné à sa femme, ni à quiconque. Il poursuivit.

IL Y A DES RENIFLEMENTS. Mon père remonte son pantalon. Il y a cent kilos au-dessus de moi. Je ne suis plus qu'une boule de peur. J'ai compris, je sens son souffle. Je n'offre aucune surface de saisie. Sauf si on me mord la nuque, mais je ne vois pas trop comment. Je sais qu'il va vouloir me mettre debout. Sa main m'attrape une cheville et je suis traîné sur la moquette. Ce n'est pas de la force, c'est de la charrue dans les champs. Ça fait pas mal à ce stade. La main m'a saisi le bras et soulevé comme un fétu de paille. Je suis un pantin dans un pyjama rouge trop court comme le sont souvent les pyjamas des petits garçons. Ils sont chouettes les pyjamas de l'enfance, mais ils découvrent les chevilles. Je suis reposé sur mes pieds. La voix me hurle au visage des mots-cailloux ; quand j'ouvre les yeux j'ai la caillasse qui se range sous ma paupière. Mon père est une grimace déformée par la rage. Il faut ravaler les pleurs, ça va partir de quelque part. Le dévers est trop fort, la pente trop raide, l'éboulement menace.

C'est la main qui part, pas le poing. Une gifle, et ça vient par la gauche. J'ai le temps de voir le départ de la main. Les doigts boudinés resserrés. La peau tendue. L'alliance enfoncée dans le gras du quatrième doigt. Le mouvement est circulaire et mon visage dans la trajectoire. Je ferme les yeux et je vois le trajet de la main avec l'alliance. Déflagration. C'est ma tête qui prend, à cheval sur l'oreille et l'os en haut de la joue. D'un seul coup, les couleurs et les sons s'entrechoquent.

La chute en arrière dans le noir. C'est ça mon père : la chute en arrière dans le noir. Je ne suis plus rien qu'une matière morte. Je suis une pelletée de terre. Le coup m'a soulevé et ma tête dévisse. Je flotte dans l'air, mes pieds ont quitté le sol. Mais la gravité c'est quand même la gravité, je tombe. Toute ma vie d'adulte j'ai été hanté par cette chute en arrière. Depuis, j'ai appris des choses et j'ai songé que cette gifle, de toute la force incontrôlée d'un homme de cent kilos, aurait pu me projeter dans le vide de l'espace sur une planète sans atmosphère. Je ne sens plus le haut, le bas, les directions et le temps. Je ne me sens pas le fils, même plus l'enfant. J'attends une fin mais elle ne vient pas, il n'y a que la chute, sans hauteur. Un mètre trente, ça doit pourtant bien finir. Mais non, la chute n'en finit pas, c'est la chute en arrière.

Les corps ça tombe, mais on n'est pas dans la physique newtonienne. Les mots ne sont plus des mots mais des haches, ils ne font pas du sens mais des encoches, dans ma mère ils font des saignées, ça la débite en planches. Direct. De l'arbre à la planche, dans un seul mot. On oublie l'abattage, le débardage, la scierie, le désir secret des mains sur le bois, le menuisier. Dans un gosse – dans moi – le granit de la montagne fracture ou pulvérise.

Elle est là ma planète, je la retrouve tout au bout de ma chute. C'est celle-ci et pas une autre. Elle est bien solide et je la sens sur mon crâne. Plus tard, quand j'en aurai fini d'être un gosse, je me souviendrai toujours des chutes et combien c'est dur ce retour au sol. Ma joue me fait mal. Je voudrais juste sangloter, me terrer quelque part et attendre. J'ai pas le temps, il faut respirer, et j'ai des bouloches qui collent sur ma langue. Je bave sur la moquette. Y'a trop de choses qui vont pas. Les yeux fermés, j'essaie de visualiser les points de contact : l'épaule gauche, la hanche, les coudes. J'ai plein de trucs à faire comme m'essuyer la bouche et respirer. Juste pleurer, ce serait du luxe.

En fait quand j'étais gosse, « plus tard » j'en voulais pas, parce que plus tard je voyais pas trop à quoi ça pouvait ressembler. Je me disais que si plus tard ça devait ressembler à ça, ou même seulement à la journée d'avant, alors plus tard ça valait pas la peine. Déjà gosse, je savais ce que c'est que d'avoir mal. Huit ans, vingt kilos. Je savais ce que c'est que d'avoir peur de mourir et les mécanismes qu'on enclenche pour l'éviter. Des chutes comme ça, j'en avais déjà vécu. Je savais qu'un sol saillant, un coin de la rambarde d'escalier dans la tête, et c'est la mort. Le sanglier était un bon pédagogue. Il trouvait ça important, la « péda ». À cette époque-là on appelle encore ça de l'instruction, ou une « correction ». En attendant c'est mon tympan qui est corrigé. Il s'est enfoncé de dix millimètres dans ma tête. Pliée en deux, mon enfance par mon père-sanglier. Huit ans, vingt kilos et peur de mourir.

J'ai dû tenter de lancer quelques coups vers mon père. Minable petit pantin. Je veux le toucher, faire ma part de colibri, moi aussi je veux frapper. En tout cas, je mourrai pas sans me battre. Mes poings pèsent quelques grammes, et dans ma chute ce ne sont pas des coups que je renvoie mais le souffle du désespoir.

Les joues des enfants, ce n'est pas pour les baisers d'un père, c'est pour amortir la chute quand il frappe. À cette époque je ne le sais pas encore, mais si j'ai des enfants un jour j'y mettrai mes lèvres sur ces joues, et je les baiserai de tant d'amour qu'on m'appellera Papa. Et puis un jour, parce que j'aurais été, je pense, un bon papa, on m'appellera Pépé. Et les rochers auront remonté les montagnes. Ils seront de vieux volcans encalminés, couverts de genêts fleuris au mois de mai. Fin mai.

Je ne suis pas un bon élève à l'école, ça le père l'a vite repéré, sauf que dans la mort, ou dans la vie, c'est selon, je suis un surdoué, j'apprends vite. À huit ans, vingt kilos, je connais la voix, la bête, la main, mes tympans, les mots-parpaings, je sais qu'il vaut mieux être frappé sur n'importe quelle partie du corps que sur l'oreille. Et je connais l'épaisseur de ma joue.

Gosse, je sais d'autres choses encore. Je sais que la famille, pour le sanglier, est la zone de non-droit, ou plutôt de plein-droit. La justice des hommes, le sens des mots, la syntaxe des phrases, l'humanité, même la mémoire et l'histoire, s'arrêtent à la porte de chez nous. Il ne faut pas en franchir le seuil. À l'intérieur de la maison c'est la nuit, la règle en bois et les pluies de granit. On n'imagine pas la solitude dans la famille. Il n'y a pas que la physique qui est différente, il y a la biologie aussi. La jolie histoire de la plante qui sème ses graines, celle de la mère qui s'interpose entre un danger et son louveteau, ou celle du père qui montre les crocs pour défendre son clan, c'est la biologie normalement. Chez nous, la mère se protège d'abord elle. Le père-sanglier, au lieu de protéger la famille, pèse dessus de tout son poids. Il y décharge sa canine, il y fourre son groin. Derrière notre porte, une fois que tous les amis sont partis et que les dimanches sont finis, il y a un arrière-plan en deçà de l'humanité. Un âge préhistorique où le père tyrannise les siens.

L'orage est encore là. On a pas fini. La main m'empoigne et me remet debout comme un domino pour la prochaine partie. Les jambes écartées, je tiens à peu près. Il presse mon visage dans sa main. Il n'y a pas de dommages. Il palpe la clavicule. Je ne hurle pas, il a l'air content. La prochaine fois, je ferai une grimace s'il me tâte, histoire de mettre le docteur sur la piste d'une possible fracture. Je titube mais je suis là. Sa voix hurle dans mon oreille. Je ne vois plus très bien. On dirait une horde de sangliers. Ils détalent de tous les côtés, poussent des chariots de rochers. Ce n'est pas une scène de carnage, c'est de la géologie.

« Pourquoi tu pleures ? Tu sais au moins pourquoi tu pleures ? » Ah ben oui, ça je sais pourquoi je pleure. Mais j'ai pas le temps de le dire, justement parce que je pleure, et que j'ai l'oreille qui touche l'autre et mon cerveau qui ne sait plus où se trouve le sol. Je pleure parce que tu m'as buté, connard. Je connais le mot depuis peu, grâce à l'école je l'ai entendu. Moi, mon connard il pèse cent kilos. Sa main projetée avec un mètre trente de rayon, de toute sa force et qui, avec l'accélération, arrive dans ma gueule de gosse de vingt kilos posés sur deux chevilles que ne recouvre pas mon pyjama rouge. Je me dis qu'il y a connard et connard. On a le connard qu'on peut.

Je remets de l'intelligence sur des sensations mais je ne me laisse pas aller à des considérations intello. Je suis content. Difficile à imaginer, mais oui je suis content. Le coup de « Tu sais au moins pourquoi tu pleures ? » est une bonne nouvelle. Un acquis de ma petite existence : le rituel de clôture de mon père, sa spécialité. On entre dans la séquence de fin.

La bête hurle « Dis pourquoi tu pleures ! » de toutes ses forces. « Ah, tu sais pas pourquoi tu pleures ? », « Tu sais pas pourquoi tu pleures ». La voix roule toujours plus fort. Je sais que ça part en général après la troisième fois. Elle arrive. Ne pas rester de face, surtout ne pas rester de face. Bouge ! La gifle a ripé sur l'oreille, pas satisfaisant, vraiment pas de quoi incarner une virile correction. Les filles donnent des gifles. Les hommes, les vrais, qui s'imposent dans leur maison, ceux qui corrigent, ce n'est pas la main qu'ils ont ferme, c'est le poing. Bouge vite.

Je me tourne sur la gauche et présente le flanc. Le poing part de toute sa force. Cent kilos de férocité, de bon droit, de correction pour un gosse qui a fait preuve d'insolence – « À sept ans, vous n'y pensez pas, mais où va-t-on, le monde part en cacahuète si on accepte ça ! » – cent kilos de muscles puissants comme la Provence et l'Auvergne réunies. La force, augmentée du diable. Le déchaînement campé dans la bonne conscience et dans le noir du couloir, dans le silence de l'étage, de la femme qui pleure mais qui n'est pas là pour voir, dans mon silence de gosse qui ne répétera jamais ce qui s'est passé car sinon ce sera pire, dans la candeur du frère cadet qui ne s'en souviendra pas. Les cent kilos de poing serré enfoncent mon bras de gosse. L'épaule me rentre dans le menton. Entre les deux, tout est broyé.

L'énergie doit se dissiper, c'est de la connaissance physique expérimentale. Nouvelle chute, projeté en arrière. Je me fais léger, une plume, j'ai de la place derrière moi, pour voler. J'ai la vision du mouvement de l'os et la sensation de l'hématome. Je sens dans mon corps le trajet de la puissance qui se propage. Barreaux de l'escalier ou mur en plâtre, ça vient vite. L'os réagit bien. Avant le sol il est remis en place. Petite luxation éclair. Gratos.

Le coup est habilement pensé, juste sous l'épaule droite, même avec un T-shirt à manches courtes on n'y verra rien. On n'a pas fait sept ans d'études de médecine pour rien. Si j'avais pas volé, j'aurais le bras cassé. Le sanglier se frotte les mains comme après une bonne affaire et il dit la phrase-clé « Maintenant tu sais pourquoi tu pleures. »

Il redescend. Je rampe jusqu'à ma chambre. Je pleure plus, ben non. Ce qui fait pleurer ce n'est pas la douleur. C'est de ne pas savoir quand, où, et avec quelle force va venir le prochain coup. La douleur, c'est de l'ordre du factuel, une donnée connue et finie. L'imminence du coup, c'est une puissance. Virtuelle, illimitée. Ce qui est effrayant, ce n'est pas la peine ou le mal, c'est la fureur. Ce n'est pas l'impact, c'est la trajectoire. C'est le membre lancé de toute sa force aveugle. C'est la différence des masses et la collision sur l'emballage pyjama, le rouge cinétique. Cent kilos, vingt kilos.

C'est l'enfance.

AUTREFOIS la maison était une ferme avec une écurie, la soue pour son cochon, un poulailler et une grange. Elle dégageait un calme de géante endormie, posée dans son pâturage et entourée par les blés. Avant leur mûrissement en juillet, leur duvet se mélangeait avec le vert des prairies. Les pièces de la maison étaient abritées sous des voûtes comme des menhirs couchés en travers des murs.

La maison semblait venir de profond. Le rocher affleurait sous les pierres. Elle avait l'air d'émerger du passé, construite pour des personnes courtes qui se faufilaient dans les ouvertures parce qu'on payait l'impôt en fonction du nombre et de la taille des portes et fenêtres. On imaginait des paysans avec des squelettes larges, épaissis de muscles pour le travail. Ils étaient habillés de vêtements lourds. Tout semblait inscrit au cœur même des pierres massives et taillées pour une multitude d'usages. Ici, on encastrait un pieu qui verrouillait la porte, là, on adossait un outil.

Le gamin, la gamine et le petit virevoltaient comme des animaux, des caves jusqu'au grenier. L'homme avait deux grands enfants, le gamin et la gamine, et plus tard il avait eu le petit avec sa femme. Les aînés vivaient une semaine sur deux à la ferme, l'autre en ville. Ils avaient dix-neuf et dix-sept ans. Entre les copains et les révisions ils venaient rarement. Ils venaient pour leur petit frère et pour le piano parce qu'il était toujours accordé. On pouvait en jouer sans la sourdine à n'importe quelle heure. Ça ne dérangeait jamais. Ils venaient pour le refuge sous les branches caressantes du tilleul et son odeur entêtante au printemps. Sur la prairie, le piano se mêlait aux fleurs qui voltigeaient avec leurs fanes.

La femme préparait ses claies et y étalait, pour les faire sécher, des fleurs de toutes les plantes qu'elle récoltait. De la mélisse et de la lavande qui poussaient partout. Il y avait du laurier, du noisetier et des bulbes de fleurs rares qu'on découvrait au printemps d'après. Le tilleul était récolté plus tard dans la saison et étalé avec des graines de rosiers qu'elle récupérait au cours de leurs promenades. Les claies étaient rangées ensuite dans les anciens clapiers fermés par un petit grillage. Ils servaient aussi à faire sécher des fruits et à étendre la pâte de coing à l'abri des insectes. Chaque élément était inventorié. Elle griffonnait des croquis. Une des caves était devenue son atelier. Elle avait demandé à son homme de lui mettre des étagères. D'un établi, il avait bricolé une table pour elle. Il avait installé Internet et elle intervenait dans des forums. Dans des livres de botanique elle repérait toutes les espèces et connaissait leurs noms et leurs propriétés. Des experts de l'INRA étaient venus la voir. Ils avaient passé beaucoup de temps avec elle dans l'atelier qu'ils appelaient « son laboratoire ». Plusieurs mois après, le facteur avait apporté une enveloppe d'un institut de recherche pharmaceutique. Elle l'avait déchirée sans l'ouvrir.

Elle passait du temps avec les vieux des hameaux alentour. D'eux, elle apprenait toujours un petit quelque chose. Elle revenait avec des notes. Elle rapportait des secrets et des trésors enveloppés dans le journal de la veille. Elle se tenait souvent sur le perron et regardait les champs. Elle pensait aux graines de moutarde qu'elle avait semées entre des rangs de lavande. La lune était montante et bientôt pleine. La montée de sève était au maximum. Elle aimait la petite cuisine avec le poêle et son conduit. Dans le vaisselier, les couverts fracassaient au fond du tiroir parce qu'il s'ouvrait brusquement. Il avait imaginé, dans les premières années, graisser le tiroir et raboter ses bords pour qu'il coulisse mieux.

Elle avait souhaité qu'il le fasse car le rabot c'était l'homme, la graisse sur les outils c'était lui. Elle, avait ses spécialités bien à elle. Les plantes, le piano, et un peu la cuisine : cuillère-marmite, fichu dans les cheveux et persil plat. L'œil ciselé maquillé de peu, gourmande en tout, avec ses seins plein le chemisier.

Ils coulaient dans leur maison des journées simples. Souvent le lendemain ressemblait à la veille. Ils prononçaient entre eux des mots clairs qui désignaient des idées bien rangées. Au fil des années, on était convenu que ces couverts qui fracassaient dans le tiroir étaient une musique importante. Ils rythmaient les préparatifs de tous les repas. Ils annonçaient à l'étage le moment de descendre. Et, récalcitrant, le tiroir était resté. Parfois, les enfants endormis, ils faisaient claironner les couverts. Debout, comme baisent les animaux, ils se donnaient et se rendaient en même temps des baisers. Ils buvaient l'un la bouche de l'autre. Dans leur haleine s'accrochaient leurs cheveux. Elle avait son fichu dans la main. Et les deux mains bien campées sur le vaisselier.

L'entrée de la maison se faisait directement dans la cuisine par le perron. Depuis le loquet de la porte jusqu'au faîte du toit, tout partait tranquillement à la ruine. Le salon attenant à la cuisine était rempli de livres et les meubles semblaient n'être que leurs accessoires : un canapé, profond et moelleux, deux fauteuils déglingués au pied desquels on entreposait à l'année les volumes les plus épais. Des coussins par dizaines servaient à s'avachir dans la lecture. Entre chacun on retrouvait le contenu entier de poches, et aussi quelques tranches de livres, engoncées à la verticale. Des lampes-liseuses, des marque-pages, des enveloppes des impôts glissées dans l'épaisseur des ouvrages pour savoir où reprendre la prochaine lecture après qu'ils avaient baisé comme des crapules.

Le sol en pierre était maculé de taches. Le piano incrusté sous l'oblique des marches. Dessus, des piles de partitions et de revues vibraient lorsqu'on jouait dans les graves. L'escalier montait vers l'étage. Au fond à gauche du piano, une porte calfeutrée avec du tissu donnait sur l'arrière de la maison au nord. On accédait à un potager variable et imprécis comme une forme imparfaite de la nature. Le salon était éclairé par deux grandes fenêtres qui donnaient sur le tilleul. « Vénère », dirait la gamine. Il était vénère le tilleul, il cambrait ses hautes branches et bousillait son ombre sur le banc.

Leur maison, c'était cet arbre, le vaisselier et l'horizon.

UN MATIN LES CHOSES s'étaient emmanchées salement. Il était pourtant d'une humeur badine avec sa bonhomie habituelle, à vérifier si son ombre le suivait ; tantôt diminuant quand elle s'apposait sur le muret, tantôt s'allongeant lorsqu'elle s'étalait en contrebas dans le fossé. C'est que les jours étaient longs. Le soleil pénible à se hisser le matin et la lumière lente à décroître le soir.

L'allée qui l'éloignait de la maison descendait légèrement. Les premières heures de ce jour d'été avaient quelque chose d'allègre. Il humait la fraîcheur du matin en reniflant la rosée. En apesanteur avec son ombre rallongée dans la lumière rouquine, il se disait qu'il était sur une autre planète.

Il s'en allait, sous le coup de cette vilaine toux qui persistait à l'approche de l'été, et de cette hanche qui le persécutait mochement. Sa 2CV aux ailes rouillées démarrait en boitant elle aussi. Ses phares tenaient avec des rubans de chatterton croisés tels des pansements sur le vieux corps automobile. C'était lui qui la traînait plus qu'elle ne le conduisait, lancinante sous les platanes qui bordaient l'avenue circulaire. Au centre étaient les maisons du vieux village, toutes tarabiscotées.

Le matin s'était accru d'une lumière écorchante. Un néon éclairait le bureau de poste plein d'encre et de tampons. Ça tapait dans l'encreur puis sur les courriers. Presque aussi fort que, chez le boucher, la grosse pièce de métal pour briser l'os. Il sentit venir la guerre. Les guerriers reniflent la mort mêmement que l'animal le danger. La mort était écrite sur le papier dans l'enveloppe du recommandé. Des fumiers de mots où chaque syllabe signifiait qu'il allait crever. Il lut le mot « thérapie » plusieurs fois sur une même ligne, les mots « résonance magnétique », puis « nucléaire ». Il sentait la guerre lui remonter le long du dos. Il sentait l'armure des grandes batailles qui se verrouille en même temps que s'ouvrent les plaies sur les grandes douleurs. Parce que de la guerre il était familier. Depuis l'enfance. La mort se rapprochait et avec elle la menace.

En sortant du minuscule bureau de poste, il s'adossa à un platane en bordure de la place. Dans son écorce, il ne reconnaissait plus les régions dessinées à la goutte sur la peau de l'arbre, ces circonvolutions comme des cartes au trésor de deux ou trois teintes légèrement moirées. Les feuilles grésillaient comme les lignes électriques à très haute tension avec un bruit de crécelle. Il pensait à ces insectes qui grillent sur les appareils électriques qu'on met dans les cuisines ou les fromageries pour les éliminer. Au pied de l'arbre, le bitume était mou et ses semelles passaient au travers. Il cherchait appui. Adossé au platane il chutait, sans fin, jusqu'à aucun sol. Ses mains contre l'écorce, le bois jusque dans les reins, les épaules calées dans le tronc sous le départ d'anciennes branches il chutait. Et l'arbre tout entier avec lui.

LE CHEMIN QUI REMONTAIT vers la maison se vidait sous ses pieds. Sa vision s'arrêtait à quelques mètres. Non pas que ses pas fussent plus lents mais c'est le lointain qui s'anéantissait devant. Sa propre fin se tenait là. Il n'avait ni parade ni facétie à opposer.

Il marqua un temps d'arrêt sur le perron. Il pensa à son petit, à sa gamine et à son gamin, se souvint que les enfants n'étaient pas là. Il entra dans l'air tiède de la cuisine. Le vent propageait une bourrasque qui remua de la poussière. Il sentit dans sa gorge le relent d'une ancienne détresse. Sa femme était près de l'évier, de dos. Il chercha dans les motifs de la nappe une phrase anodine. Il restait tétanisé, le temps entre ses mains. Elle avait mis la table avec deux assiettes.

Depuis si longtemps il n'admirait qu'elle. Il adorait ses cheveux cuivrés quand ils dansaient dans le vent. Ils lui cachaient les yeux et alors il devenait fou. Ils s'aimaient de toutes les façons, par tous les côtés. De face, par le dessous, par l'arrière. Il la trouvait si grande qu'il parvenait difficilement à se hisser jusqu'à elle. Il était moins question de sa taille que de ses yeux dans l'altitude. De son rire qui les soulignait. De ses sourcils qui traçaient jusqu'à ses oreilles une ligne de fuite. Et loin derrière cette ligne se rangeaient les paysages. De sa gorge altière ne sortaient que des mots vrais. Ils étaient garnis parfois d'un peu de peur qu'il percevait et venait aussitôt réconforter d'une caresse sur l'épaule. Souvent, il ajoutait une main sur ses fesses.

Il l'aimait de tous côtés et de toutes les façons en commençant par son dos, long et parsemé de grains de beauté, plein de majesté. Ses seins veloutés. Il les aimait presque autant qu'elle tout entière, et très indépendamment. Deux horloges maîtresses, du temps, des jours et des astres, où il aimait ficher ses aiguilles mâles à toutes les heures de leur rondeur femelle.

Ils s'accrochaient au temps, s'agrippaient à leur dernière seconde. Il y avait leurs deux assiettes, et autour de la table les cinq chaises, des verres qu'on voyait dans les écoles, aux tables des cantines. Sur les assiettes aux motifs champêtres, deux petits personnages, elle munie d'une fourche qui entassait du foin dans une charrette à bras, lui d'un outil lourd. Ils avaient l'air gai et il fallait ça pour aider les mioches à finir leur soupe. Elle avait une robe fraîche gravée dans la faïence et lui l'air un peu filou. Il matait ses jambes légèrement découvertes. C'était ça qu'ils voyaient dans leurs assiettes, le papa et la maman, à cet instant. De la paille dans les cheveux, des fichus dans les tignasses et de la sueur le long des bras. Des visions anciennes et des images aimables. Là tout de suite, il n'y avait rien d'aimable.

Elle évitait le moment de lui demander « Alors ? Ce recommandé, c'était les résultats ? » parce qu'elle redoutait de ne pas parvenir à poser sa voix. Elle ramassa une timbale qu'elle avait fait tomber sans bruit. Il ne leur était pas parvenu aux oreilles, ils se regardaient sans le son. Elle l'avait vu caresser le bois des chaises et ses yeux s'attarder plus que d'accoutumée sur les assiettes. Quoi, il les connaissait, ces fonds d'assiettes ! Ça faisait des années qu'on bouffait avec ces putains d'assiettes. Elle attendait qu'il prononce une phrase qui commencerait par « Tu sais… »

Non, elle savait pas. Elle savait pas que ça s'était pas bien passé le courrier, le recommandé, les résultats. Elle savait pas qu'il était revenu chez eux presque en rampant. Cogné par le soleil, pris de nausée. Les mots pour le dire le dégoûtaient. Le moment se prolongeait sans paroles. Elle s'était tournée pour faire quelque chose d'utile comme agiter le manche d'une cuillère à vinaigrette. À un mètre d'elle, il continuait de caresser le bois de la chaise. Elle trouvait ça atroce. Ils savaient que c'était là leur dernier moment avant l'effondrement ; l'annulation de leur temps, ce joyau tellement précieux qu'ils l'enveloppaient de papier bible, et dans les soirées près du feu, soigneusement ensemble ils le dépliaient.

Dans quelques secondes tout serait différent, les mots qu'il allait prononcer puis ceux qu'il empilerait pour répondre à ses innombrables questions seraient ceux du malheur installé à la table comme un sixième convive et un insatiable invité. Leur joyau serait dorénavant recouvert par un épais papier gras et huilé.

Il s'approcha derrière elle. Il n'y eut nulle main posée sur les fesses. Elle tournait à vide le manche en bois dans le bol de la vinaigrette. Sans huile, sans vinaigre, sans ciboulette. Elle voulait qu'il la mette, sa main sur son cul, mais il y eut juste une main sur l'épaule et quand elle se retourna pour se fourrer dans sa clavicule, bien au dur et bien au sec – bien sûr – elle pleurait déjà.

TOUS étaient réunis dans la cuisine quand il entra. Le petit sur les genoux de sa mère. Elle voulait le tenir dans ses bras. Elle avait légèrement tiré sa chaise pour qu'il puisse glisser ses jambes. La gamine était assise sur le même côté. Au bout de la table, le gamin. Au fond l'évier, la cuisine immobile, le silence impeccable. Inox, émail, Téflon.

Le papa s'était préparé depuis la veille, mais au moment de le dire à sa famille il était paralysé, vocalement incapable de produire des sons, la voix colmatée. Dans la nuit il avait bouffé sa peur et transpiré dans le chaos.

Il restait debout. L'horloge tournait, les secondes passaient en augmentant. En un instant leurs gorges à tous furent tranchées. Ça sortit droit et raide comme un coup de hache : il leur dit qu'il était salement malade. Ils comprirent qu'il allait mourir.

Quels furent ses mots ? Ils furent de ceux qui

tordent les fourchettes avec une seule main jusqu'au sang. On basculait dans l'un de ces états méconnus de la violence. Celui des paroles carnassières. Celui du goût du sang qui colonise la bouche. La violence de l'annonce rebondissait d'un mur à l'autre de la cuisine sans trouver la voie jusqu'à leur cerveau. Les oreilles ne laissaient pas passer ces mots-là. Les tympans trissaient pour ne pas entendre.

Comptable, la violence : quarante-trois ans le papa, quarante et un la maman. Trois enfants. L'aîné, dix-neuf. La gamine, dix-sept. Le petit, huit. Il était arrivé sur le tard parce qu'un petit c'est un truc de maboul et que dans le cœur de ces amoureux-là il y avait une place immense. Le cœur et les caresses, sans fin.

La maladie, le cancer, les soins, quels que soient les mots, la mort ça tue. Ça tue un papa. Ça tranche la gorge de ses enfants. La maman respirait encore. Par pur réflexe. Aplatis tous. Pulvérisés. Le gamin avait cassé la chaise entre ses mains. Colère majeure. Dans la cuisine, il n'y avait plus que le sol et au fond du tiroir les couverts, silencieux.

Des pleurs-vacarmes tombèrent. Ces pleurs qui ne s'apaisent pas, mais que chaque seconde, au contraire, attise. La maman se vidait en chialant à l'intérieur. Les enfants restaient figés dans leur terreur. Des chargements de pleurs déboulaient par wagons.

Le père restait planté devant le vaisselier, muet comme un teubé. Il tenta de dire sa désolation, mais la désolation c'est la sobriété minable et l'économie des mots. C'est le silence insupportable. Parce que des mots, il n'en avait pas le papa, car les médecins ne savaient pas. C'était grave oui, quelques mois encore. Noël. Peut-être. Il leur dit les hypothèses de victoire. À part le petit, personne n'y crut.

Il savait que les choses allaient vite se compliquer. Il distinguait déjà les ombres portées en avant-plan de la mort : les dents serrées, le corps tordu, la douleur et les efforts pour ne pas la montrer. Elle finirait par se voir, sa douleur. Dans l'hésitation devant la prochaine cuillère qu'on porte à la bouche. Dans la chaise reculée au milieu d'une phrase et la précipitation vers les chiottes pour dégueuler. Dans la maigreur extrême et soudaine. Dans les coups d'œil discrets des autres. Il anticipait la peine causée par cette sobriété extrême et non souhaitée.

Pourtant, il voulait les entourer encore comme l'air embrasse la joue, immobile à la perfection. Il voulait être cet air qui appose son baiser par la lèvre continûment posée sur leur peau chérie, cette lèvre qui se rétracte et le baiser qui naît par soustraction.

Sa femme, son gamin, sa gamine, son petit, au lieu de ça il les avait pulvérisés. En quelques mots il s'était anéanti et il était déchu. Un papa qui allait mourir n'était plus un papa.

Il fallait tout réinventer.

LES MORCEAUX DE LA FAMILLE se réagencèrent avec la grâce des bêtes et leur geste animal. Le gamin prit la gamine sous son couvert. Ils se blottirent dans un même fourré. L'un sur l'autre, comme le font les nouveau-nés aveugles d'une même portée. Le petit se nicha dans les cheveux-feuillage de sa mère. Il y versa ses pleurs qui déchirèrent le végétal. Elle n'avait aucun refuge où elle eût pu goûter du répit ou même simplement rester à l'affût du malheur. Évidemment elle n'était pas le chasseur, elle était la proie. Chacun prit place dans sa misère et distilla sa souffrance, les uns en pleurs, les autres en cauchemars. Parmi les hoquets et les morves essuyées au revers des manches, chacun travaillait déjà, dans la solitude et les reniflements, qui à devenir veuve, qui à devenir orphelin.

Dans la nuit qui avait suivi, le papa avait pris ses dispositions, il avait pensé à plusieurs choses. Dire s'il le pouvait ; et écrire. Dire, ça ne serait pas simple car il parlait peu. Et à ceux qu'il ne pourrait revoir avant de crever, leur écrire. Écrire à deux amis. Ça n'était pas beaucoup, mais quand il regardait sa forêt d'amis, parmi les arbrisseaux, deux grands arbres dépassaient. Deux arbres à cabanes, avec des écorces à canifs.

À l'étage, son bureau, tout au bout du parquet en pin. Un appentis gagné sur la grange et rempli de livres. Les jours de grand vent on entendait sa faufile stridente entre les tuiles. La pièce était rayée d'étagères qui courbaient en leur centre sous le poids. Elles étaient de largeurs inégales pour épouser la déclivité du toit. Une lucarne pour la lumière, une ampoule pour la nuit. De la poussière pour les rayons du soleil. Les rayons drus qui décoloraient les franges du tapis. Des rayons presque solides et obliques, couleur moutarde vers midi. Un fauteuil et une étole pour le froid l'hiver. Une chaise et un bureau comme un établi, avec des stylos bic dont il connaissait pour chacun le roulement de la bille et le gras de l'encre. Il s'attachait bêtement à certains, les trimbalait dans ses poches avec ses carnets. Il les perdait invariablement ; et alors il jurait. Il en aimait un plus que les autres, récupéré un jour au desk d'un hôtel à Istanbul. Il avait cru le voler en le soustrayant à la vigilance de l'hôtesse qui le lui avait tendu. Il était parti avec l'objet de son larcin vers le bar qui surplombait le Bosphore, se prenant pour un grand bandit. Il jouit durant toute une journée de son minuscule forfait et de son nouveau statut de voleur de stylo. Devenir un voleur c'était quelque chose. Quand vint le soir, de retour à l'hôtel, persuadé que des gens d'armes l'attendraient, il constata penaud que le palace en laissait à discrétion pour ses clients sur toutes les tables et même sur les commodes à la sortie des ascenseurs. On n'est jamais que minuscule. C'est avec ce stylo qu'il voulait écrire à ses deux amis. Comme quoi, même dans la mort on peut avoir ses petites élégances.

Il monta l'escalier en faisant une pause, gravit les dernières marches avec une toux atomique. Il laissa les minutes caresser sa main, et sa respiration ralentir. Il laissait son cœur revenir à l'infime et effacer un par un les battements dispensables. Tout autour, il y avait un papier peint de livres. Tous les livres lus, et puis ceux non lus, ou pas entièrement. Des promesses de lecture, des souvenirs de grandes joies, des poèmes encore sonores, du sol au plafond. Des carnets pleins de notes. Son cabinet de collection. Il collectionnait les poussières et des bouts de lettres qui s'entrechoquaient, d'abord dans sa tête, puis se glissaient dans son oreille, et qui, enfin, par elle, s'écoulaient jusqu'à une page du carnet.

C'était ça, écrire. Parfois il se passionnait pour une phrase et il la lisait tant qu'elle rentrait en lui : « Ô toi que j'eusse aimée, ô toi qui le savais. » Le livre dont elle était extraite restait ouvert sur la table pendant des semaines. Il écrivait la phrase dans son carnet, et souvent la récitait à haute voix. Il avait de piètres talents d'acteur. Il tentait plusieurs intonations qui donnaient à tel ou tel mot plus ou moins de relief. Parfois c'était juste trois mots : « les robes soulevées... » ou « cette blondeur secrète ».

L'homme savait qu'il lui fallait dire des choses. Il commença par son ami Alex. Il lui paraissait important qu'à l'heure de son effondrement il soit le premier à qui il écrivît.

Alex, malheureusement tu reçois cette lettre. Ne proteste pas mon ami, tu savais bien qu'elle risquait d'arriver. La voilà. Elle n'est pas facile à lire, cries-tu, alors imagine à quel point elle est difficile à écrire.

Ne proteste pas mon ami, car ce temps-là est révolu. Il ne faut pas pleurer non plus car ce temps-là aussi est bien fini. Maintenant tu le sais, il est temps de mourir. Pour chacun mais pour moi plus vite que pour les autres.

Il toussa comme un forcené, de cette toux qui lui cisaillait le ventre en contractant ce qui lui restait de côtes et de muscles. Il se demandait si les mineurs qui creusaient autrefois les tunnels sous l'Hudson River avaient leurs poumons eux aussi envahis par le noir. Et par le rouge. Dans son mouchoir qu'il gardait presque toujours en main, du rouge poumon. C'était récent. On en était là : le temps des lettres et celui du rouge qu'on cache dans les mouchoirs. La bouche essuyée, on remet vite le carré de tissu dans la poche. On le déplie en cachette dans les toilettes, et pendant tout le temps où l'on va vers la chiotte, on prie que ça n'ait pas taché les motifs du carré de toile. Parce qu'après il va falloir le laver. Là encore en cachette, en se sentant misérable. Il ferma bien le loquet des toilettes avant de déplier son mouchoir.

Une seconde il crut qu'il n'y avait rien. Pourtant il l'avait senti, ce goût du sang. Et, au centre du mouchoir, il y avait bien ce crachat rouge vif qui tachait le tissu. Ses yeux s'usèrent à regarder ce bout de poumon. Planqué dans les toilettes, il avait ses poumons dans la main. Dehors, le petit jouait. Il appela « Papa, Papa ». Le temps s'accélérait. Les verrous qui enfermaient la peur sautèrent les uns après les autres.

Alex, je vois bien que la mort n'existe pas. C'est la bonne nouvelle. Je le vois puisque je suis en train de crever. On ne meurt pas, on crève. On disparaît. Pour toi bientôt, pour eux que j'aime, je vais disparaître, c'est aussi bête que ça. Écoute : depuis l'université où nous étions ensemble, nous nous sommes finalement peu vus. Quelques heures dans des cafés place du Châtelet, et au Chai de l'Abbaye nous apparaissions l'un à l'autre. C'était comme des ponctuations au milieu d'une grande disparition. Et dans nos disparitions successives depuis plus de vingt ans, ton visage m'apparaissait. J'entendais tes mots et ta voix qui commençait des phrases que je finissais, et puis tes hoquets qui ponctuaient des phrases que j'avais balancées. Tu vois, notre amitié, c'était celle-ci : tes phrases commencées qui flottaient suspendues, et moi qui les recevais, et tes hochements de tête pour ponctuer notre conversation qui jamais ne cessait. Elle ne s'éteignait ni dans l'alcool ni dans les heures avancées de la nuit qui nous recevaient une fois que tous les bars avaient fermé. Et quand je te quittais, elle continuait.

Finalement nous étions déjà un peu disparus l'un à l'autre et maintenant il s'agit de l'être tout à fait. À moi tu ne réapparaîtras pas, et à toi je ne réapparaîtrai plus. Plus ces heures au Chai de l'Abbaye, plus l'ombre douce du soir rue de Buci, plus ces gamines polonaises qui nous soufflaient qu'elles voulaient qu'on les baise toi et moi sur un coin de Paris. C'est ça, mourir. Ne plus réapparaître et ne plus baiser des étudiantes dans le creux des villes.

Vois-tu, le plus dur pour moi c'est de disparaître à mes petits et à ma femme. Ce n'est pas de tousser, crever par démembrement, boulon après boulon. Le plus dur, c'est de disparaître pour eux. Parce que pour eux, tu vois, c'est pas quelques heures par an au Chai de l'Abbaye, c'est chaque minute depuis leur venue au monde que je suis là. Ils ne savent pas, eux, que je leur suis apparu à chaque pleur de toute leur vie mais ils le sentent. Je fais partie du décor pour eux, pas autrement qu'un papier peint. Et je vais disparaître tout d'un coup.

Un jour mon petit il dira « Papa ? » et je n'apparaîtrai pas. C'est le silence qui ne lui répondra pas. Finalement un papa c'est celui qui répond toujours à la place du silence. Mon gamin, tu le connais, il est grand maintenant, et il parle comme tous les jeunes. La façon qu'il a de commencer chaque phrase c'est de dire « Vas-y ! ». J'imagine que ça vaut pour « Bonjour », « Salut », « Au revoir », « À bientôt ». Pour rigoler je lui demande « Où ça ? », sinon je lui réponds « OK j'y vais ». Donc il dira « Vas-y » et j'irai pas, parce que je m'en serai déjà allé. Finalement un papa c'est celui qui apparaît toujours au bon moment. Ma gamine elle dira « cœur-cœur rouge » dans un sms, et il y a aucun cœur-cœur bleu qui apparaîtra. Finalement un papa c'est un cœur-cœur bleu qui apparaît toujours au bout de quelques secondes sur un écran. Et ils auront beau appeler « Papa ? », « Vas-y ! », « ❤❤ », y'aura plus rien. Et ils répéteront longtemps « Papa ? », « Vas-y ! », « cœur-cœur rouge, bleu ? », « Papaa ? », « Vas-y !? », « cœur-cœur-cœur rouge-bleu-bleu ?? », mais ils pourront rien faire d'autre que se blottir un peu les uns contre les autres. Et peut-être alors le gamin dira à mon petit « Je suis là, je serai toujours là », et le petit dira à la gamine « cœur-cœur rouge-rouge sœur-sœur », et la gamine dira au gamin « OK, vas-y, on s'tient au courant ».

Pourtant je me bats, Alex, pour pas disparaître pour eux et pour toi. Tu sais que je me bats. Tu connais ma force. Mais je ploie inexorablement. C'est la toux qui m'assaille, mes jointures qui craquent, les poutres qui se délitent et tout qui me file entre les doigts. J'ai tant de choses à te dire, et tant à entendre encore de toi. Je donnerais tout pour une bière avec toi, pour revoir ton écharpe qui en toute saison ceint ton cou, et le tabac qui sort de ta bouche, tes lèvres toujours humides et ton œil à l'affût de quelque chose. Tout pour revoir cette manière que tu as de dégager une cigarette du paquet rangé dans ta poche. Tes doigts joints qui me la tendent, et le briquet caché dans ta main qui surgit déjà allumé devant mon visage. Mon corps s'abîme à la vitesse d'un radeau en mer, la surface m'échappe. Sous moi, plus rien que le vide. C'est la chute infinie. Les coups portés vers la surface mais qui ne heurtent rien, ne font aucun mal, n'agrippent aucune main familière. Tu remarques que j'écris au présent car c'est ça crever : le silence qui devient toujours présent, une immobilité de l'absence qui se prolonge sans fin. Je consume mon vide Alex, c'est ça disparaître et finalement c'est ça mourir. De plein, se remplir de vide. N'être plus rien que rien. Le présent de l'absence sans fin.

Voilà, ce que je voulais te dire, toutes nos apparitions. À l'affût dans les coins de Paris, dans la fumée qui s'échappe, je ne serai plus nulle part.

P.

Il allait redescendre de l'étage, le stylo posé à plat, bien rangé. Il avait tiré la chaise et, maintenant, debout devant le bureau, en pliant les deux feuilles, il se demanda si son écriture n'était pas trop petite. Il se demanda si on pourrait le lire. Il avait colorié les petits cœurs en bleu et en rouge. Il y avait un mélange de bête et de solennel, de grave et d'idiot. Il ferma la porte et la poussière s'agita dans de petits tourbillons. Il s'accrocha à la rampe en descendant, marquant l'arrêt à chaque marche.

UNE IDÉE S'ÉTAIT DESSINÉE EN LUI. Un peu brouillonne encore. Ou complètement conne. Pour la préciser, il lui fallait aller sur la place du village. Il s'étonnait de ce que les platanes lui parussent énormes. Ils étaient vieux. Massifs et torturés avec d'anciennes branches coupées qui ne cicatrisaient jamais et laissaient des moignons avec des boursouflures. Ces arbres étaient meurtris de toutes leurs branches absentes. Ils n'avaient pas poussé de la même façon, pas un n'était dans l'alignement de l'autre. Celui-là gênait le stationnement, celui-ci mordait sur la chaussée. Un dernier menaçait la nouvelle extension d'un bâtiment. La logique voulait qu'on les supprime.

Les vieux assis sur la place étaient pareils : des anomalies plantées dans la terre battue. Ils ne s'accordaient avec rien de ce qui les entourait, ni avec le banc qui les soutenait, ni avec l'ombre qui les englobait. Tout vieux qu'ils étaient, cannes chancelantes, bérets dans la main ou mal ajustés sur des crânes cabossés qui ressemblaient à des gamelles de légionnaires, ils étaient là. Sous leurs peaux transparentes on voyait les veines et les nœuds. Dans leurs articulations difformes s'emmanchaient des essieux de camion pour commander là une jambe, ou pour ici faire tourner une main. Le bas et le haut de leur corps tenaient ensemble grâce aux bretelles.

Il se demandait ce qu'il y avait encore de vivant en eux. Ça parlotait avec des mots inarticulés. De leurs bouches ne sortaient que des sons amalgamés. Leurs syllabes étaient mâchées et ponctuées avec trop peu de consonnes. De ce qui fait le sel de la vie, il lui semblait que tout leur était devenu interdit. Plus d'agilité pour se mouvoir, plus de superbe pour séduire, plus de voix pour convaincre. Leurs mots, qui, même pas sortis, déjà s'entrechoquent. La vue qui s'amenuise. L'ouïe qui s'éteint, la peau qui rissole. C'était ça pour lui la vieillesse, les vieux ; n'avoir plus dans la voix que des moitiés de mots, et pour tout souffle le bout d'un frisson.

Il traversa la place pour aller s'asseoir sur le banc à côté d'eux. Il posa ses yeux là où ils posaient les leurs. Et il prêta ses oreilles aux mêmes sons. On n'était pas loin de midi. Le soleil avait chauffé et des bulles d'air chaud remontaient le long des collines. En altitude, elles formaient des nuages alimentés par l'humidité qui condensait. Sous eux se levait la brise de la vallée. La place rendait sa poussière et les platanes crépitaient. C'était des pépés encore plus que des vieux. Ceintures, bretelles, mouchoirs. Verres cul-de-bouteille. Chemises et le marcel en transparence dessous. Une mémé parmi eux, blouse délavée avec les motifs effacés à l'endroit des mains posées sur les hanches. Et, tous, on les imaginait même pas grands-parents. Sans famille, hors du temps, séparés de la vie ordinaire et simplement reliés au monde par ces bretelles et ces bourrasques dans la terre battue. La mémé, on voyait ses jambes et même un peu l'intérieur de ses cuisses. Atrocement la phlébite gonflait ses chevilles et là-dessus des ballerines inséraient des lacets dans la peau. Ça ressemblait à la ficelle incrustée dans le saucisson.

Ils étaient des vieux et une vieille : deux pépés et une mémé. L'homme n'avait jamais vraiment regardé des vieux. Ils n'existaient que par convention. C'est pourtant eux qu'il était venu voir. Les trois vieux souriaient derrière leur extrême laideur. Ils se racontaient plein d'histoires, ça n'avançait pas vite. Leurs visages exprimaient peu. Dans des plissements d'yeux on distinguait des lueurs secrètes et on devinait des joies minuscules. Ils semblaient s'accommoder du seul spectacle de la place. L'homme les écoutait, parler de quelques mots, ruminer ce qui leur restait.

Il comprit que tout pépé et mémé qu'ils étaient, bien vite il serait moins qu'eux. Il comprenait que même ça, c'est-à-dire cette chaleur sur le banc et les murs blancs qui font courir la lumière vers l'incandescent, rapidement il ne l'aurait plus. Il savait qu'il leur envierait leurs gestes minables et toutes leurs minuscules impuissances. Vingt ans plus tôt, il se souvenait d'avoir vu un pépé pour la première fois. Un vrai pépé qu'on appelait Pépé dans sa famille. Pour de vrai. *Pépé*, déjà à l'époque, sonnait désuet et moche. Aujourd'hui c'était pire. Le mot dégradé. Pépé c'était crade, ça faisait honte. Pourtant, à l'époque, il avait été frappé par ce pépé. Et aussi par sa mémé. Et même il s'était dit : quoi de plus beau, de plus terrible et aussi de plus paisible que ce pépé et cette mémé, tous les deux en train de crever, lentement mais aimablement.

C'était une époque où il était encore gamin ; entre le gamin et le papa qu'il était devenu après. Il était avec cette jeune fille dont il avait oublié presque tout aujourd'hui sauf qu'elle était môme et fraîche. Ils avaient rendu visite à son Pépé et à sa Mémé. Et il se souvenait qu'il avait aimé l'image de ces deux vieux mourants l'un sur l'autre. Et là, dans le midi et le soudain, il se dit qu'il voulait ça. Abruptement il voulut la vieillesse de merde, celle des varices qui lacèrent les jambes, celle qu'on cache même à l'autre. Il voulait serrer sa vieille, lui aussi. Mais sa femme, elle était jeune et même plus jeune que lui. Elle était pas mémé pour un sou.

Depuis quelques jours pour lui le temps s'était extraordinairement accéléré. Pour le peu qu'il lui restait à vivre, il voulait que le monde à nouveau se range dans un ordre moins bouleversé. Il fallait qu'il aille vite : il voulait être un pépé. Un peu pépé. Il se ferait appeler Pépé. Comme il n'aurait pas la chance de l'être un jour, alors il deviendrait un pépé. Là, rapidement. Un pépé, c'était très net, c'était pour crever en ligne droite vers la mort. En silence, comme les pépés. C'est cette idée saugrenue qu'il était venu vérifier auprès des trois vieux. Pour sa femme, c'était beaucoup moins simple. Il faudrait trouver autre chose. L'homme répétait les mots *pépé* et *mémé* à haute voix.

LE LENDEMAIN, CÔTES CASSÉES PAR LA TOUX, revenant de son bureau à l'étage, il traversait le salon en claudiquant sous cette douleur persistante à la hanche. Il ne pouvait faire autrement que s'appuyer sur elle. Il cherchait comment poser son pied gauche d'une manière qui lui ferait moins mal. Quel que soit le mouvement, il y avait toujours un moment où la douleur irradiait depuis la racine du pied jusqu'à l'épaule. Une canne le soulagerait de ce côté.

Il avait cacheté la lettre pour Alex écrite la veille. Il se rendrait au village pendant qu'il le pouvait, et peut-être irait s'asseoir sur un banc quelques minutes à nouveau sur la place. Le salon de la maison était petit et mal isolé. Les murs tenaient avec un piano et des livres. C'est eux principalement qui faisaient les jointements des murs. Les deux fenêtres s'ouvraient en actionnant une mécanique grinçante pour laisser entrer l'odeur du tilleul.

Au milieu, sur la table basse, le petit s'était fait des garages pour ses voitures avec les bouquins qu'il avait trouvés. Des couvertures jaunes, orange ou vertes, aux tranches épaisses et aux titres discrets. Il avait bâti un garage pour toute une gamme de tracteurs avec leurs remorques et leurs pelles. Les livres de poésie, tout fins, rendaient le haut de la construction fragile. Le papa et la maman ne devaient rien toucher. Les *Illuminations* supportaient tout ce qu'un enfant de sept ans peut posséder de volant : hélicoptère, navette, X-wing, Faucon Millenium, hydravion, etc. Quiconque aurait voulu extraire le moindre bouquin aurait immédiatement fini menotté dans l'embuscade d'un flic sorti de la tranche d'un livre ou du couvert d'un marque-page. Il était peiné de voir nombre de ses livres immobilisés pour les besoins de la maréchaussée. Un Victor Segalen qui traînait là avait même fini comme pavement d'un commissariat. Artaud et Michon en assuraient respectivement le mur d'enceinte et le pignon.

D'autres visions lui revenaient en mémoire : la poussière traversée par les rayons du soleil, quand, autour d'un thé orné de son biscuit, leurs bouches à lui et à sa femme s'apprivoisaient pour crier drôlement les mots d'une autre langue.

Elle l'attendait dehors. Elle était vêtue de discret, d'une simplicité de feuille dans la forêt. Elle était ce puits solaire, cette brutalité de chair qui polarisait toutes ses envies. Dès qu'il la regardait, il avait envie de l'entreprendre. Lorsque ses longs cheveux, légèrement teintés de roux, flottaient dans un peu d'air, il avait envie de s'en mêler furieusement, de cette bouche et de son histoire, d'y mettre un peu son vilain, d'y porter la langue en plus que d'y apposer la main. De la baiser en somme. Tout redevenu homme qu'il était penché sur la femme, moissonneur de cette feuille dans la grande forêt, herbivore acharné, passionné par elle comme un reptile chauffé sur son galet. Il aimait sa femme comme un fou d'amour et aussi comme un pilote de course aime la victoire, ou un guerrier la chaleur reposante au camp du soir.

Le sexe fomentait dans ce monde des manigances incroyables. Il était fasciné par la magie qui en chacun déclenchait le désir. Et ensuite par chacune des petites magies enchâssées les unes dans les autres qui menaient jusqu'à l'amour. Il aimait le cul qui se cachait dans le lobe d'une oreille, une boucle de cheveu. Ou ce muscle sur le bras de l'homme et sa veine bleutée circulant sous sa gaine, ce muscle qui déclenche quelque part chez une femme un départ de feu sur lequel l'homme, soufflant sa brise de la juste manière, sait faire partir l'incendie. Il s'agissait là d'une énigme jamais dénouée qui nécessitait une attention de tous les jours, une grande assiduité et des efforts immodérés. Lorsqu'il n'était pas dans la contemplation du cul de sa femme, lorsqu'il n'était pas tout à cet ouvrage et à l'évaluation de laquelle de ses deux fesses méritait le plus de baisers, lorsqu'il n'était pas l'organe même de la compréhension mathématique de leur apparition, alors il versait dans la beauté polaire et focale de leurs duveteux hémisphères.

Le papa finissait d'être traversé par toutes ces apparitions lorsqu'il rejoignit sa femme sur le perron.

Il ne vit pas son visage creusé par une nuit durant laquelle elle n'avait fait que le regarder. Lui qui dormait – putain ! – comme si sur lui la mort n'avait pas prise. Il s'approcha d'elle par-derrière, embrassée qu'elle était dans la lumière, baignée de larmes, et il la prit dans ses bras. Il lui dit des mots de terre qui lui remontaient par les pieds. Il lui dit des mots inaudibles, qui parlaient du salon quand ils s'y retrouvaient, des petits personnages gravés dans l'argent des cuillères, et elle ne comprenait rien mais se laissait bercer par l'emprise de ses bras. Il lui parla de leurs vieux jours, dans le longtemps. Il lui dit qu'il voulait la voir vieille et sèche comme une trique, comme sont les vieux de s'être trop séchés l'un au soleil de l'autre. Il lui parla de la peau diaphane qu'elle aurait, et du chemin de ses veines bleutées que, longtemps encore, il suivrait comme un affamé. Il lui parla de ses cheveux blancs et fins dans lesquels il mettrait son nez devenu rêche. Il lui parla de cette tunique qu'elle aurait, vieille, et de ce gilet qu'il porterait sur un pantalon à bretelles. Il lui dit qu'il voulait être un vieux pépé à côté de sa vieille pépette, et qu'ensemble ils le seraient. Alors oui, bien sûr elle pleura, en entendant ces pieux mensonges. Elle pleura de cette douceur inhabituelle et de sa malice de fou. Elle pleura de la larme en pur jus de femme, comme ces gouttes qu'on extorque au moût en s'acharnant sur le pressoir. Du pur jus de la douleur, brûlant et salé.

Elle se retourna :

« Et toi, tu ne pleures pas ? Tu me dis tout ça, et tu ne pleures même pas ? Il te faut quoi, alors, pour pleurer ? »

Il ne savait quoi répondre tant l'envie, ou l'idée même de pleurer, ne lui venait ni au ventre ni à l'esprit. Autant il comprenait ses pleurs à elle, ceux de leurs enfants, autant lui ne savait plus pleurer.

« Si, je pleure aussi, répondit-il. Mais à l'intérieur.

– Non-non-non, tout ça, c'est des conneries, c'est des histoires que tu te racontes. Pleurer c'est pleurer. Tu le vois là, mon mouchoir. Il est mouillé. C'est ça, pleurer. »

Le papa ne pleurait pas car il était entré dans sa guerre. Depuis les résultats du labo il était tout immergé dans sa bataille, familier des champs de ruine, habitué de la bagarre et mercenaire, un peu comme une machine à vivre. Il proposa de lui dire des choses qu'il ne lui avait jamais dites. Elle trouverait peut-être des réponses à ses questions. Il y avait une contrepartie. C'était que, quand il le déciderait, bientôt, il faudrait l'appeler Pépé et qu'on ne saurait y déroger. Elle accepta. Il faudrait aussi qu'elle se trouve un joli petit nom de mémé ou de pépette. Elle le regardait avec des yeux effarés. On en était plus à une connerie près. Elle y consentit par fatigue, comme on acquiesce à un simplet. Elle serait Maminette.

CE MATIN LA GAMINE ARRIVE, elle a deux ans de moins que l'aîné. Une charrue dans l'allée, « déter », pointant vers la mer comme le fleuve lourd de toutes ses rivières. Elle est solide. Pépé flippe un peu sa race et en même temps il l'attendait. De loin, elle a la démarche de la tempête. De près, elle a la tête de l'ouragan. Elle passe devant lui sans le regarder sur son banc et s'enfonce dans la maison. Elle va voir Maminette. Elle sait où la trouver, toujours. Devant la commode à ranger du linge, ou devant l'évier à fixer le vide par la fenêtre. Elle lui fait une bise rapide sur la joue. Maminette sait tout. Elle sait ce que la fille va dire, pourquoi elle est venue et les questions qu'elle va poser.

« Qu'est-ce que c'est que ces conneries ? »

Maminette marque un silence sans quitter la fenêtre devant elle. Dans quelques secondes, elle va se tourner vers la fille. Ce n'est pas sa fille, mais à force d'apprivoisement elles sont devenues familières l'une de l'autre. Maminette se détache de sa lucarne sur le vide pour esquisser un sourire.

« Tu le connais depuis plus longtemps que moi, dit-elle, c'est de la malice.

– Qu'est-ce que c'est que ces conneries ? C'est quoi la malice de se faire appeler Pépé, comme un pépé ? Tu sais ce que c'est, un pépé, toi ? C'est un vieux croulant qui tient pas debout. Et lui, il est pas croulant. D'abord, il invente qu'il faut t'appeler Maminette, et ensuite il veut se faire appeler Pépé ?

– Trouve la malice, fille.

– Je trouve rien du tout, je vais te l'emplafonner tu vas voir ça. »

Et elle quitte la cuisine et les longs bras de Maminette qui rigole.

« Bonjour Pépé ! »

Même le perron de la maison a reculé. Elle est debout, les deux bras sur les hanches. La colère en bouclier d'amazone.

« Assois-toi, mâchonne-t-il. Ici à gauche, s'il te plaît. J'entends mieux à gauche. »

Le tilleul a replié ses feuilles, le soleil a rentré ses rayons. L'après-midi flippe.

« Alors d'une, je m'assois si je veux ; de deux, je m'assois à droite. À droite du père ça te dit quelque chose ? »

À malice, malice et demie. Il apprécie, le pépé. « À droite du pépé, s'il te plaît. »

Et la fille se tait. Elle est assise à la droite du Pépé qui entend parfaitement de toutes ses oreilles. Il adore la fille de tous ses pores et avec chacune de ses molécules.

« Tu es sérieusement en train de faire ça ? De te faire appeler Pépé, de te mettre comme une merde de vieux là avec ta canne et ta casquette ? »

Pépé ne répondit rien, il fallait que la colère passe. Il savait qu'il en demandait beaucoup, que c'était trop, trop dur.

« Tu sais ce que c'est un vieux ? C'est personne, c'est nul, ça pue, un vieux !

– Comment ça, ça pue, un vieux ?

– Ouais, ça pue, un vieux. Vieux, c'est nul. C'est nulle part, un vieux. Et pépé, encore moins, ça existe même pas !

– Ben p'têt que j'pue, dit Pépé. T'en sais rien. Vas-y, approche-toi, fais gâté !

– Fais gâté ? Non mais... Tu m'énerves tellement, je sais même pas quoi dire tellement c'est ridicule.

– Tu n'as jamais dit à tes copains “tes vieux”, pour parler de tes parents ? À mon époque, on disait ça. C'était une sorte de jeu, une posture, pour se la péter et pour montrer qu'on était indépendants de nos “vieux”. Vous dites pas ça, vous, maintenant ?

– Laisse tomber comment on dit pas ça ! Mais alors du tout !

– Ben alors vous dites quoi ?

– J'ose même pas te dire comment on dit.

– Pourquoi tu me dis pas ?

– Parce que je te connais, tu arriverais à en faire tes affaires, t'es trop malin ça me soûle.

– Surveille ton langage, petite. »

Et il s'interrompit. Ça battait un peu plus lentement dans leurs poitrines. Le feuillage du tilleul avait attrapé la colère de la fille et l'avait emmêlée. Une légère brise avait commencé son ouvrage. Comme toujours, le tilleul devant le banc ramassait les morceaux cassés. Il tissait sa liane, et faisait son infusion des familles. Le tilleul réparait les odeurs, il remettait de la trame. Avec des tessons, il refaisait des carafes. Là c'était du verre pilé. Y'avait du boulot dans les branchages.

Maminette, dans l'ombre, les laissait bien se démerder tous les deux.

La fille tourna la tête vers son père. « Regarde-moi », dit-elle. Il fixait un point devant lui en flippant sa race pour de vrai. « Tourne ta tête ! » Il le fit en se reculant au fond du dossier. Il mettait toute sa force pour soutenir le regard de la fille.

« J'ai déjà un grand-père », dit-elle. Pépé était cloué car la gamine mettait le doigt où ça faisait mal. Il perdait du terrain.

« Du côté de ta mère tu as un grand-père.

– Nan, tu m'as comprise, gros malin, de ton côté aussi, j'ai déjà un grand-père.

– Je te le redis, nom de nom, c'est pas comme ça qu'on parle à son pépé ! Du respect, nom de dieu ! Y'a pas de grand-père... »

Pépé cherchait ses mots.

« Les grands-pères, c'est très spécial, tu vois. Un grand-père, c'est d'abord... c'est... les grands-pères, comme leur nom l'indique, c'est des grands-pères. C'est une double condition, il faut être grand et père. De mon côté y'a pas de grand-père, y'a juste un pépé, et c'est moi ! Mais tu verras, un pépé c'est mieux qu'un grand-père. C'est plus ancien. Un pépé, peut-être que des fois ça pue, mais c'est... comme un grand-grand-père.

– Tellement grand qu'à la fin il meurt ? »

Il se tourna vivement vers elle.

« Oui, peut-être qu'il meurt, petite. Peut-être bien, on sait pas ça. Les pépés sont magiques, le sais-tu ? Je vais te dire mon idée. C'est pas facile à expliquer : les pépés embarquent avec eux une foule de choses. Ils sont les témoins de tout ce qu'ils ont vécu. Jusqu'à un certain point, ce sont des rois. Ils embrassent tout, et le monde leur appartient. La vie grandit en eux. Elle gonfle et s'amplifie jusqu'au moment où elle déborde. Leur vie grandit encore et devient immense. Les pépés n'arrivent plus à la contenir. Elle les dépasse et les précède. Elle les submerge et à la fin les ensevelit. Et puis, on les oublie. C'est comme une vague qui gonfle depuis le large et finit sur la plage étalée dans l'écume. Les pépés, c'est magique.

– OK – elle l'arrêta net. OK pour le grand-père, reprit-elle. Possible d'avoir un papa ET un pépé ? »

Il laissa un long silence.

« Parlons d'autre chose, tu veux bien ?

– Mais je n'ai rien dit !

– Justement, parlons d'autre chose veux-tu bien ?

– Tu es fatigant Pa… tu sais !

– On dit "Tu es fatigant, Pépé", nom de dieu de nom de dieu ! – Le pépé était à nouveau fâché. Oui, je sais que je suis fatigant. »

Avec sa canne dans la terre battue, il traça des lignes. « Que fais-tu ? » demanda la fille. « J'écris pour toi, répondit-il, pour que tu saches, pour toujours. »

Et il écrivit « pepe » à leurs pieds. Sous les premiers millimètres de terre sèche, il avait trouvé de la terre un peu humide.

On lisait :

pepe

C'était très net, comme ça, elle oublierait pas. C'était sous ses yeux.

« Tu as oublié les accents, Pépé, sur ton dessin, sur les lettres qui ressemblent à des “e”.

– Ça oublie, un pépé tu sais, ça oublie… à dessein parfois. »

Elle ne comprit pas pourquoi il disait ça. Elle avait l'habitude qu'il dise des choses qu'elle ne comprenait pas. C'était pareil avec tout le monde. Quand on lui demandait de s'expliquer, c'était pire.

Il remit les mains sur la canne et il se pencha pour poser son menton dessus. Il regardait devant eux, en direction des champs. La fille avait les jambes croisées. Son pied en l'air balançait nerveusement.

« Alors on parle de quoi si on parle pas de ça ?

– On parle de ce que tu veux, petite. Je suis content de te voir, tu sais.

– Menteur, Pépé, en fait tu flippais ta race quand tu m'as vue arriver.

– C'est pas comme ça qu'on parle, petite. En tout cas, pas à son Pépé. Je flippais rien du tout, je suis content de te voir. Tu sais que Pa… tu sais que… Pépé ?

– Ah tu vois… tu vois ?

– Chut petite, tu sais que Pépé t'aime très fort ? Plus fort que tout au monde ? Je t'aime plus fort que tout au monde, petite. »

Il marqua un temps d'arrêt et il répéta encore une fois « Plus fort que tout au monde. »

Depuis la naissance de la gamine, il lui murmurait cette phrase, toujours dans cet ordre-là, avec ses trois répétitions. Et c'était vrai, parce qu'il le disait. Prononcer ces mots revenait à faire exister son amour. Parce que les mots « tout au monde » englobaient tout ce qui est. Ça faisait des inventaires à rallonges avec des phrases sans queue ni tête. Depuis qu'elle était bébé, il avait inventé des kilomètres d'expressions dont certaines étaient restées.

Il l'aimait plus fort que les montagnes, meilleur que l'eau de source, plus fort que la forge des volcans, que le vent dans les vagues et les plumes des oiseaux dans le vent, et les poissons pleins de nageoires dans les océans. Plus fort que l'astronomie des planètes et les révolutions des soleils, plus fort que l'atome insécable de l'hydrogène. Il l'aimait autant que ses membres étaient engourdis quand il la regardait dormir le soir dans son lit.

Il aimait sa gamine autant qu'il avait détesté sa jeunesse. À la naissance de ses enfants, il avait reconstruit l'enfance, molécule par molécule. Il avait réparé l'idée de l'enfance. Triées, les lettres ; chacune dans le bon ordre. Rangé, le mot ; à la bonne page. Posé, le volume sur l'étagère en haut à gauche ; à la première place. Il avait remis les compteurs à zéro. Réinventée, la famille.

« Parle-moi de ton enfance ! »

Pépé faillit bouffer sa main et la canne en dessous. Déjà qu'il n'avait jamais trop parlé de rien, alors là c'était le pompon.

« Pourquoi veux-tu que je te parle de mon enfance, Petite ? L'enfance, c'est l'enfance, je peux te parler de la tienne si tu veux, c'est pareil.

– Ben non c'est pas pareil. Comme ça, je te connaîtrai encore mieux, Pépé. »

Elle boxait fort, la fille, elle la voulait, son histoire ; ça sautillait sur les gambettes à l'intérieur du ring. Maminette était restée cachée derrière la grosse pierre d'angle. Elle se marrait bien depuis quelques minutes. Sauf qu'elle connaissait l'enfance en question, et soudain elle ne rigola plus du tout.

« Tu es sûre, petite, que tu veux qu'on parle de mon enfance ?

– Oui, Pépé.

– Alors voilà : l'enfance c'est… »

Devant ses yeux passaient des enclumes prêtes à enfoncer son visage comme dans ses pires cauchemars. Il revoyait la main et se sentait tomber en arrière. Il cherchait les branches pour se raccrocher. Celles du tilleul pleuraient de désolation, et tendaient des feuilles de toute leur sève, mais il n'arrivait pas à s'en saisir. Pépé les agrippait mais elles glissaient entre ses mains et glissaient tel le vent que jamais elles ne retenaient. Le vent s'enfuyait et Pépé n'avait plus d'air dans la poitrine. Il était en train de moudre ses poumons. Il dit du bout des lèvres :

« La fin de l'enfance, c'est savoir pourquoi tu pleures. Tant que tu ne sais pas, alors c'est que tu es une enfant.

– Moi je sais pourquoi je pleure, la plupart du temps.

– Ah ! mais c'est parce que tu n'es plus une enfant, petite.

– Raconte-moi ton enfance, Pépé.

– Tu es têtue toi !

– Déter ! Ton enfance quand tu ne savais pas encore pourquoi tu pleurais.

– J'étais un petit garçon timide, un peu épais. J'avais des T-shirts qui bâillaient sur le nombril.

– Tu étais trop mignon alors !

– Ça veut dire quoi, trop mignon ?

– Ben c'est quand tout le monde te prend pour te faire des bisous, Pépé !

– Ah ? Ben non, j'étais pas "trop mignon", alors.

– Vas-y Pépé, raconte encore ! »

Il commença de cette manière : « J'avais un petit frère, que tu connais. Il était plus rapide que moi et surtout meilleur à l'école. J'étais pataud. Un jour il y avait mes grands-parents qui étaient là. » Il marqua un arrêt. C'était impossible pour lui de continuer.

« Pardon petite, j'arrive pas à en parler directement, c'est trop difficile et puis c'est loin maintenant. Je vais te le raconter comme si c'était dans une autre famille, d'accord ? »

LES PARENTS HABITAIENT dans leur maison toute neuve, à la périphérie d'un gros bourg entre la montagne et la vallée. C'était pas tout à fait une ville ni tout à fait la campagne. Les gens qu'on y croisait semblaient descendre de la montagne. Les parents étaient médecins et ils avaient été nommés récemment. Au fond du jardin, ils avaient fait installer une cabane pour la pompe de la piscine. Devant le garage, le père garait sa berline R20. Tout rutilait à l'intérieur. Il s'était fait installer un bureau en mezzanine que l'on découvrait dès qu'on passait le seuil de la maison. Deux chambres à l'étage pour les enfants et un couloir entre les chambres et la mezzanine. Un grenier inexploré.

Ce jour-là, les grands-parents sont présents. Un grand-père à calvitie précoce, à la main rudaude que le gosse, parfois, dépliait doigt par doigt, en s'étonnant de son envergure et de sa masse. Une grand-mère laide avec des chandails affreux. Quand elle était chez elle, plus haut dans la montagne, elle ne quittait jamais le tablier ou la blouse. L'un et l'autre sentaient l'eau de Cologne ou la laque à cheveux ou le pli de peau pas rincé d'une mousse à raser de chez Mammouth. Ils y faisaient leurs courses dans une ville perdue au fond d'une vallée encaissée. La grand-mère venait de la Provence, le grand-père des ruisseaux pleins d'écrevisses et de truites qu'il pêchait à la main. Ils étaient la campagne. Où l'on enlève la peau des lapins comme on défait ses chaussettes de contention, en tirant comme un malade.

Les grands-parents sont assis sur le canapé en velours rouge. C'est un salon cossu où tout est lourd. La pente du toit les chapeaute. Ils sont mal assis. La grand-mère a apporté « son dîner », comme elle dit. Un lapin qu'elle a écorché et dépecé. Elle a mis des heures à le préparer. Le plat est sur la table dans une cocotte en fonte avec un épais couvercle. C'est encore chaud, il n'y aura plus qu'à le repasser au four.

Le couple de jeunes médecins est assis en face de ses parents à lui. La mère est jeune encore. Elle déteste le lapin. Les grands-parents sont tout sourire. À cause du jeune médecin, du lapin et de la maison nouvelle, à la vue de tous sur la colline. À cause que c'est plutôt un pavillon. À cause des cent kilos de bonne santé. Le gras du ventre est une mesure précise de l'opulence et de la réussite. Il est le fils prodige, leur fils unique. Le jus de la terre. Le volcanisme en blouse blanche et cravate. Stéthoscope autour du cou. Montures sévères, genre Pierre Mauroy. Gourmette gravée « Docteur Jean… »

Depuis le salon on appelle le gosse, c'est moi, qui chahute dans la chambre avec mon frère. Deux garçons ça chahute un peu, c'est malheureux. C'est moi qu'on appelle. Peu importe qui a poussé le cri coupable, c'est moi qu'on appelle. C'est la voix du père qui n'est que mauvais présage, tesson de bouteille. Je porte un pyjama rouge. Il est un peu grand pour moi, je n'ai que six ans, le ventre un peu rond de l'enfance et l'élastique qui serre mon bidon. Quand je rentre dans le salon mal éclairé où je ne veux pas aller, ma mère ressemble à une coupe en porcelaine au milieu d'un service de table en grès. J'avance les pieds nus, et je les pose sur le pavage rectangulaire en faisant bien attention de ne pas chevaucher les jointures entre les carreaux. Dans l'enfance, on voit des jeux partout.

Tout le monde me dévisage. Les grands-parents n'affichent pas la mine réjouie qu'ils avaient quand ils sont arrivés, ils ont l'air grave de « voir ce qu'on va voir ». Le gosse ne sait pas ce que ça signifie, « voir ce qu'on va voir ». Le père s'est redressé, le dos droit sur le bord du canapé. La mère est tout le contraire, avachie au fond. Elle est presque transparente. Derrière elle, il y a l'obscurité. Même gamin, on peut sentir quand on marche sur le bord. Là, ça marche sur le bord. Le bord des carreaux, j'y fais très attention. Mais là, ce n'est pas de ça qu'il s'agit, ça marche sur le bord de l'enfance.

« Baisse ton pantalon ! » ordonne mon père.

Sa voix est d'une fermeté empruntée. Il me tire par le bras pour me mettre de profil. Je suis au milieu de la pièce, entre mes parents d'un côté et mes grands-parents de l'autre. Je regarde ma mère sans comprendre ce qui est en train de se passer. Elle a l'air inanimée. Je vois ses contours sur le canapé rouge. Ensevelie, elle devient vide. Même si je ne sais pas encore mettre des mots, je regarde par la fenêtre et comprends la transparence.

C'est le dernier rayon libre du jour à travers la vitre. Et c'est aussi le rouge du canapé que je distingue à travers ma mère. Sous les carreaux où les enfants posent leurs pieds, personne ne le sait, il y a le vide. Et quand il s'ouvre sous mes pieds il n'y a rien. Je ne vois plus ma mère. Le vide c'est la couleur derrière la transparence, cette couleur rouge, ce velours. Mon pyjama aussi est rouge, cela crée entre nous une sorte de connivence.

Je jette un œil vers les grands-parents et je vois la main du grand-père comme un second couteau. Le menton approbateur. La grand-mère maîtrise la mère. Une belle-fille dans un village de montagne, c'est enseveli sous la belle-mère, et la porcelaine ça casse. Ma mère est brisée. Je la scrute à nouveau pour voir s'il reste quelque chose. Mais non, je la cherche partout des yeux et elle est complètement vide. Et là je commence à pressentir ce qu'on va voir de ce qu'on va voir.

« Baisse ton pantalon ! » Mais j'ai pas de pantalon, j'ai un pyjama. Donc je peux croire à un malentendu. Et puis, sous un pantalon il y a un slip. Mais là, sous mon pyjama, il y a juste mon zizi. Pas question ! À six ans, j'ai une idée très claire de mon zizi dans mon pyjama, et je vais pas le baisser. Certainement pas dans le salon devant tout le monde. Parce que mon pyjama il descend mais mon zizi il va rester là où il est, bien droit et bien petit. Et ça non. Mais le père en sait rien car il a jamais mis un pyjama sur le gosse alors, pantalon ou pyjama, il fait pas trop la différence dans le langage. Ces idées qui ne durent que quelques secondes attisent l'incompréhensible colère du père. Et puis après, sans que j'aie pu dire quoi que ce soit – j'ai pas vu l'approbation croissante du grand-père ni le port altier de la grand-mère qui écrabouille ma mère déjà bousillée – c'est la voix de mon père qui s'amplifie. Je sens un affaissement dans mon corps. Je suis petit, j'ai six ans, mais je ressens en moi une faille gigantesque. Tout se vide, je ne le sais pas encore, mais c'est l'enfance qui fuit. Pshiiiiitt. Le sol qui s'effondre. Partout. Mes coutures pètent. On me traverse avec un crochet.

Le père est excédé. Autour de moi, je sens une accumulation d'énergie, un surplus de matière. La colère est patrimoniale. Mais il faut aussi comprendre la joie cagneuse des grands-parents, celle de la revanche du rural sur le temps qui grignote les campagnes. Une sorte de violence territoriale. La résistance qui mate la collaboration, la ville qui se fait mater par le pays. C'est l'euphorie de la victoire qui se nourrit du sang. J'apprends que, quand il y a un courant, quelque part ailleurs court un contre-courant. Il y a le malheur, et quelque part ailleurs il y a la joie. Toujours chercher le contre-courant. Le reflet symétrique de ma détresse de gosse, c'est la joie de mes grands-parents.

Je commence à pleurer, pas tout à fait ; d'abord mon menton fait des remous qui remontent jusqu'à ma lèvre inférieure. Elle s'entrechoque avec l'autre. Mes yeux se troublent, mes talons flageolent. J'ai un début de pleur qui racle la gorge, et ressemble à un haut-le-cœur. N'importe quel père connaît ça. C'est un pleur d'enfance. Ça serre d'abord la gorge à l'infini du serrage. L'enfance, c'est exactement ce menton qui s'effondre. N'importe quel père sait ça mais pas lui. Ce pleur fait l'enfance, et l'enfance fait le père. C'est logique. C'est ce pleur qui fait un père. Mais pas lui. Il ne supporte pas les pleurs. En ceci l'homme nique le père en lui car renoncer aux pleurs c'est faire morfler l'enfance. Ça va de pair.

L'homme-colère baisse mon froc. La force disproportionnée arrache plus qu'elle n'enlève. L'élastique faiblard n'a rien retenu, et mon zizi est là, petit et horizontal comme un zizi de gosse. Même l'homme-colère est surpris dans sa démonstration. Mais il n'est pas question de faiblir. La poigne de la montagne ne doit pas s'embarrasser de mousse sur le passage, elle arrache, elle ravine. C'est la fessée. La main rude sur ma fesse, les cinq doigts et le plat de la main. Bien tendue, la peau de la main. Ça fait un bruit sec malgré ma fesse molle. Une douleur verticale me remonte le long du dos. J'ai le cerveau saisi. Je me vide de mon enfance.

Ma fesse est un matériel satisfaisant pour l'exécution de la démonstration. Le futur diplômé passe là un examen délicat. Le jury n'est pas peu satisfait de son candidat. La grand-mère glousse. Cette pute. Le grand-père soulève sa lèvre inférieure avec le menton en même temps qu'il hoche la tête vers le bas, comme pour constater le bon fonctionnement du médecin. Cette première rougeur sur ma fesse n'est que préliminaire à une longue tirade. Je suis pris par l'épaule. Je ne pleure pas à cause de la douleur. Je pleure à cause de mon zizi. Parce que la fessée m'a fait décoller et mes pieds sont pris dans les jambes du pyjama. À la seconde fessée, je sens que la machine s'est rodée, le couple bras-main est plus grand, l'angle meilleur. Ça cogne. Et donc je pleure plus fort, mais personne n'entend. Toujours pas à cause de la douleur. J'ai décollé et mes pieds sont sortis du pyjama. Je suis à poil devant tout le monde. Mes grands-parents sont émus de la démonstration de compétence. Ils ont de l'admiration pour leur médecin de fils. Mon zizi est à la vue de tous.

Maintenant le père s'est levé car il lui faut de la place. Il se positionne sur sa bonne main, la droite. Il me broie l'épaule gauche. L'index et le majeur crochetés sous ma clavicule. Le pouce sous l'omoplate. La pince. Facile pour lui car sa main est énorme, et moi je suis petit. Il me place bien en face de ses parents, c'est complet. Je pleure à cause du pyjama qui a l'air mort au pied de ma mère. Il y a le rouge un peu plus pâle, l'intérieur du tissu.

Il hurle : « Pourquoi tu pleures ? », « Tu sais pourquoi tu pleures, au moins ? » Les pleurs, je sens que c'est mal vu mais j'ai six ans et putain. Je sais pourquoi je pleure. Je n'ai pas le temps d'expliquer. La main droite de toute sa force et la main gauche de toute sa charnière qui plient mon enfance comme un brouillon qu'on froisse. La force indélébile. Herculéenne, la masse décuplée par l'accélération, facteur du bras et de sa longueur. C'est ça le couple : une puissance – au sens mécanique – de la colère. La force, hors de toute proportion, qui perfore l'enfance. Mon train arrière décolle d'un mètre de haut, jambes désarticulées, bras et côtes à l'avenant. Je suis retenu par l'épaule, le gond autour duquel bat le volet fou. Et pour la première fois de toutes les prochaines fois je tombe en arrière sans fin, ruiné de la fesse, exposé du zizi, raviné entièrement. Je hurle, cul nu, et pars en boitant. Sur les jointures des carreaux. Et le grand-père de conclure solidement. Il lâche cette phrase légendaire, goûteuse comme une vieille tomme de montagne avec la croûte, violence génétique, cette phrase lunaire pleine de cratères, cette phrase programmatique et canine : « Au moins, maintenant, il sait pourquoi il pleure ! »

Suffit l'enfance.

LA FILLE PLEURAIT sur le banc à côté de Pépé. Le visage strié de coulures. Maminette pleurait aussi sur le perron. Ça coulait jusque dans ses chaussettes. Ça inondait dans l'allée et rejoignait les pleurs de la fille. Pépé les connaissait, les pleurs de sa fille. Ils coulaient le long de ses cheveux. Ses paupières s'incurvaient comme des branches de saule, en filets de Rimmel et de fard. Jusqu'au menton ça coulait. Doucement le pépé se pencha vers elle. Sa main droite prit sa main gauche. Toute gauche. Il caressa les pleurs, et parce que les cheveux suivaient la courbe des pleurs, il caressa les cheveux.

« Pleure petite, pleure tout ! » Déter, la fille dans les pleurs. Déter à raviner toute l'allée. La fille pleurait toute la terre.

« Est-ce que tu sais pourquoi tu pleures, petite ? » dit-il en souriant un peu.

Et de la canne il effaça les lettres qu'il avait tracées au sol. Il enleva le « p » du début mais il laissa les « e » dans la terre. Il effaça le « p » du début et le pied de celui du milieu. Il effaçait pour conjurer les pleurs de la fille. Et il rajouta un dernier rond à la fin. Elle put lire :

eoeo

Ça ne voulait rien dire.

« Hé oh ! Hé oh ! » souffla Pépé.

Mais la fille arrivait pas à dire pourquoi elle pleurait parce qu'elle pleurait trop. Elle essayait pourtant, en mettant deux doigts dans le creux de ses yeux, en haut du nez. Et elle se tachait les doigts avec le khôl mais ça sanglotait à gros bouillons. Pas moyen. Elle s'avachit tout à fait sur les genoux de Pépé, lui enserra la taille. Avec une force de fille élimée, riquiquite. Il posa sa main sur sa tête et brossa ses cheveux, toujours en partant du front. Des cheveux tellement fins qu'ils lui glissaient entre les doigts. Tout lui glissait entre les doigts, ces temps-ci. Des beaux cheveux, luisants. Et il sentait son poids, déter sa fille. Mini-femme. Dans ses bras il tenait sa vie.

« Ah, tu ne sais pas pourquoi tu pleures ! »

Elle releva son visage incrédule.

« Et je vais recevoir une gifle ?

– Non ma chérie, jamais. Jamais, ma roudoudou. Jamais tu ne recevras de gifle, ni de mots-cailloux, ni de voix-colère, ni de main-sanglier. Tu vas recevoir une caresse. Viens prendre ta caresse ! »

Et elle tendit sa joue. Il y posa une caresse, la caresse de toutes les caresses.

« Si tu ne sais pas pourquoi tu pleures, alors c'est que tu es revenue dans l'enfance. »

Il marquait un temps calme et la fille espaçait les respirations.

Pépé voulait rester ainsi avec sa fille couchée sur ses genoux. Il priait en secret afin que le temps s'étire et qu'il puisse la garder. Il voulait toujours des cheveux de fille. Des pleurs aussi, il en voulait encore. Pas de ces coulures acides qui délavaient toute la vie sur leur passage et de tout extirpaient les couleurs, les coulures ravines. Il voulait juste des pleurs et des roudoudous d'enfants. Leur dire tout. Pas tant ce qui a été, leur enfance ou tout ça, mais ce qui est. Le vent d'été et sa puissance moissonnante, son odeur chargée d'épis, la légèreté de l'avoine, son souffle dans les arbres, ou dans un bouquet de feuilles. Dans le tilleul. Leur dire à tous les trois que leurs cheveux dans sa main c'est sa force, que dans la caresse il y a sa vie. Que leurs joues n'existent que pour sa caresse. Qu'avant la caresse il n'y a que l'inutile, et après, le dérisoire.

Étirer à l'infini pour avoir le temps de tout dire à ses trois enfants. Pépé se rendait compte que son temps était une quantité finie. Lorsque le jour décroît, le coquelicot dans sa robe rouge s'éteint au crépuscule. Sa couleur s'écroule et il ne peut rien y faire.

Caresser leurs cheveux à tous les trois, ses petits, jusqu'au bout de tout. Jusqu'au bout du vent dans la plaine. Avec le muscle entier du bras, dans son creux d'épaule avec une vigueur inaltérable. Au bout du vent sur la timide colline. Au bout du vent sur le champ et la bourrasque qui s'imprime dans les épis. Le vent au bout de l'allée chargeait la poussière pour des voyages éphémères. Elle retombait, lamentable, mêlée à la terre.

Alors pour retarder ça il fallait faire l'inverse, non pas étirer le temps à l'infini, mais y faire rentrer le plus de choses possible. En commençant par les caresses et les baisers. En entasser le maximum. Sur les joues évidemment, et partout ailleurs. Sur les yeux des baisers, sur les cheveux où ils n'accrochent pas. Des baisers jusqu'à en user les lèvres et les joues. Des baisers du pépé pour durer. C'est dans les baisers qu'on dure. Les gras des mamans, ou les secs et craquants des grands-mères, les baisers-dent, les baisers-moustache des papas et la barbe qui gratte au menton. Le tendre des joues c'est le logement de la lèvre, c'est la hauteur de l'amour.

Il aurait voulu lui dire tout ça en vrai, comme il le lui avait toujours signifié mais en songes, en lettres non envoyées, en paroles muettes. Il tenta quelques mots du bout des lèvres, ou plutôt du bout des feuilles, avec une voix de tilleul :

« Tu vois une pâte à pizza ? Avant qu'on l'ait fait cuire. Une pâte à pizza quoi ! »

La fille ne comprenait pas.

« Une boule de pâte ?

– Exactement, voilà ! Eh ben quand tu étais petite, tu étais une boule de pâte à pain. Et quand tu seras grande…

– Mais je suis grande !

– Oui tu es grande fille, tu es mini-grande. Mais tu es petite et roudoudou.

– Pépé, je comprends rien quand tu parles ! Moi je pleure et toi tu me racontes des choses que je ne comprends pas.

– Alors écoute, petite. Écoute. Dans les mots il n'y a rien à comprendre, il n'y a qu'à écouter. On cherche trop à comprendre, et l'on sait si peu écouter. Là, par exemple, qu'entends-tu ?

– J'entends que tu grattes le sol avec ta canne, et j'entends le vent dans les arbres. »

En effet Pépé avait continué à gratter le sol avec sa canne. Maintenant il avait fait des barres à droite sur les « o ». Ça formait des « d ». On lisait :

eded

Ça ne voulait rien dire.

« Oh pauvre ! Mais il y a tout à entendre. Moi j'entends, mais c'est normal parce que je suis un vieux pépé, j'entends non pas le vent dans les arbres, mais des paroles dans le tilleul, j'entends ton cœur qui bat, et surtout j'entends la respiration de Maminette juste à droite. »

Maminette, qui ne s'était pas montrée et n'avait rien dit, recula un peu plus vers l'intérieur de la maison.

« Tu vois tout ce qu'on entend quand on est un vieux pépé ?

– Tu fais comme si, mais en fait tu n'es pas vieux.

– Tttttt, Tttttt, qu'en sais-tu que je ne suis pas vieux ? Un pépé c'est forcément vieux. Mais écout'don : quand tu seras grande, ta pâte aura gonflé, elle sera bien légère. Tu enfonceras ta joue dans la pâte et tu sentiras le moelleux.

– Oui et alors ?

– Chuut ! Il n'y a pas de "alors", tu le feras c'est tout. Et ce moelleux ce sera les baisers que je te faisais quand tu étais petite. Quand tu dormais la nuit, je venais te voir et je te regardais. À chaque respiration, tu levais un peu plus, comme une pâte. Ton ventre était rond et le pyjama tendu. Ton pyjama rose…

– Et moi, j'ai jamais eu un pyjama rouge ?

– Non ma chérie, il n'y a plus jamais eu de pyjama rouge dans la famille. Ça n'existe plus, les pyjamas rouges. Dans la nuit, je te regardais parcourir tes vallons imaginaires d'enfant parmi les peuplades du sommeil. Tes battements de cils ponctuaient le noir. Ta respiration était une onde obscure. Elle rythmait l'imperceptible et le minuscule. Ah… et j'adorais quand tu pleurais la nuit ! Ah qu'est-ce que j'adorais ça !

– Pépé tu es horrible !

– Oui, horrible ! J'adorais ça parce qu'alors j'arrivais en hâte. Je te prenais emmêlée dans ta gigoteuse, secouée par des sanglots tout petits, et je te soulevais. Tu faisais un bruyant paquet, malmenée par un méchant rêve que je n'arrivais pas à me représenter. Je te couchais dans mon creux quelque part. N'importe lequel. Au chaud. Un creux de cou juste au-dessus de ma clavicule et tu y fourrais ton visage plein de sommeil. Parfois tu tétais ma peau par réflexe et ça faisait des petits bruits d'aspiration. Je m'asseyais dans ta chambre au pied du lit, adossé au mur, et je te parlais dans le noir. Tu te rendormais vite mais j'en profitais encore et encore. J'inventais des comptines et je faisais des rimes à la volée, j'étais devenu très fort au fil des nuits. Je les oubliais toujours et, chaque soir, je les réinventais. Je me berçais de ta chaleur en pressant ta tête contre mon cœur. Je le savais beaucoup plus lent que le tien, et alors, Petite, toi et moi on rallongeait le temps. Les nuits s'étiraient. Dans nos respirations profondes j'imaginais un radeau montant et descendant sur une houle venue du fond des temps. Je fourrais mon nez quelque part de moelleux et m'endormais très souvent. Ma petite pâte à lever, mon petit respirateur. Toutes les huit respirations la tienne rejoignait la mienne. J'en avais alors fait trois. Trois pour huit, c'était notre combinaison de nuit.

– Pépé, tu sais, je crois que tu me l'as déjà dit, tout ça.

– Oui, mais il faut écouter encore !

– Tu m'avais jamais dit pour les respirations.

– Ah, tu vois ! C'est donc qu'il ne faut jamais cesser d'écouter. Et je vais te dire un dernier secret parce que je ne suis pas sûr que tu l'aies entendu.

– Vas-y !

– Tu sais pourquoi les enfants pleurent ?

– À chaque fois, ils pleurent pour une bonne raison, parce qu'ils ont mal, ou parce qu'ils ont fait un mauvais rêve…

– Ttttt, Ttttt, les enfants pleurent pour être portés comme des œuvres d'art et déposés dans le creux.

Et pour y blottir leur tête et y vaincre le sombre des nuits. Pour goûter le velours des respirations.

– Pépé ?

– Oui, petite.

– Comment tu sais tout ça ?

– C'est-à-dire, petite ?

– Ce que tu me racontes là, ce sont pas des choses de pépé.

– Ah bon, et ce sont des choses de quoi alors ? Un pépé, ça sait tout. Un pépé, c'est le cumul de tout depuis l'enfance.

– Oui, mais là ce sont des choses de papa que tu me racontes. »

Pépé marqua alors un temps d'arrêt. La fille s'était relevée. Elle ne pleurait plus. Elle le regardait colère. Les mains sur les hanches.

« C'est mon papa qui peut me dire des choses pareilles. Ce sont les papas qui arrivent la nuit lorsqu'un enfant pleure. »

Pépé fut bien emmerdé.

« Et alors, fille, il n'empêche que je sais tout ça, je ne l'ai pas oublié. Peut-être qu'en ça je suis toujours ton papa. D'ailleurs, un pépé, c'est un grand-papa. Il y a du papa dedans. C'est le temps qui fait les pépés, tu sais. Un pépé c'est juste comme un papa allongé. Avec l'ombre qui s'étire le soir, les papas deviennent des pépés. Et là c'est un peu le soir, non ? »

Et il poursuivit :

« Papa ou Pépé signifie la même chose, ce sont les mêmes caresses, tout ça, c'est une question de temps. Tôt ou tard on devient un pépé. Ce sont presque les mêmes lettres. On n'a pas le temps de se retourner et hop on est devenu un pépé. Et puis dans la terre on met les pépés, pas les papas. Va maintenant, petite. »

Déter la fille. Il pleurerait quand elle descendrait l'allée. Il libèrerait tout ce qu'il avait retenu jusqu'ici : le souvenir des nuits et du sombre consolé par les comptines et les rimes à la volée.

Tout le fard avait coulé. Et tout coulait sans fin. Le temps compté. Maintenant, on pleurerait. En ligne droite, des yeux jusqu'aux chevilles. Tout le temps qu'ils avaient échangé ces dernières paroles, la gamine était face à lui, debout, avec, à ses pieds, gravé en humide dans la terre battue :

On lisait un « papa » difficile à lire parce que les « e » lus à l'envers ne formaient pas tout à fait des « a » mais on lisait bien « papa ».

PÉPÉ avait suivi le cercueil comme tout le monde, à pas lents et contrits. Il affichait une sobriété d'usage, toute gentille et civile. C'était les obsèques du père-sanglier, la main-rocher, la voix-colère. Quelques semaines avant Pépé, quand il était encore officiellement Papa, il lui avait écrit cette lettre. Au calme dans l'ombre du tilleul. Le stylo resta longtemps dans sa main et l'encre sécha plusieurs fois à l'intérieur de la plume. Pour la faire revenir, il appliquait une pression. La plume s'écartait et l'encre pouvait s'écouler. Il y mit tous ses efforts :

Je suis content que tu meures avant moi. Toute ma vie j'ai eu peur que ce soit l'inverse. Dans quelques jours, quand nous serons réunis à ton enterrement, cette grande machine à chialer, eh bien je te le dis, personne ne m'entendra pleurer. Pareil au cimetière dans le parking à tombes, quand tout le monde se répartira en arc de cercle reniflant.

Vois-tu, les pleurs se méritent. Ils sont proportionnels aux caresses et aux attentions de jadis. C'est la grande comptabilité des pleurs, le salaire d'une vie. Maigre consolation, n'est-ce pas ? Les larmes comme une esthétique, tu ne comprendrais pas. Des pleurs de moi, bien sûr tu n'en auras pas, comme je ne reçus aucune caresse. Nulle colère de ma part, ni revanche. Nulle aigreur, simplement toute ta vie notre présence inutile l'un à l'autre.

Quand on frappe, vois-tu, il vaut mieux tuer. Tu aurais dû me tuer petit. Tu l'aurais payé moins cher que de sentir derrière ton épaule, ma mémoire de tes souveraines fureurs. Moins cher que de sentir mon visage témoin de ton mépris léonin.

Mon enfance est une histoire non publiée de la barbarie. Mais, vois-tu, ni l'oubli ni le silence ne se décrètent, et au bout du bout il faut payer. Payer la fracture. La pression n'est jamais indélébile. Plus forte est la pression, plus noire est l'écriture. Rapidement, j'ai été plus fort que toi, et jusqu'à peu je l'étais encore, sans jamais porter en retour ma main sur ton visage noueux. Aujourd'hui, je suis faible et ma main ne sait porter que des plumes sur des papiers et des caresses sur ceux que j'aime.

J'ai toute ma vie souhaité que nos chemins ne se fussent jamais croisés, je ne te dis donc pas Adieu, car même dans les cieux réputés cléments je ne le souhaite pas.

Pépé avait refermé le carnet. Et il avait fallu que ces quelques lignes soient lues. Lues parce qu'on peut toujours feindre de ne pas entendre, et oublier ce qui a été prononcé. Il n'y avait que ces mots qui étaient venus, mais telles sont la vie et la vérité d'un homme ; un jeu à somme nulle de toutes ses péripéties. C'était valable pour son paternel, et Pépé savait que c'était valable pour lui aussi. La comptabilité du charnier.

À l'enterrement, Pépé était plein d'une gaité enfouie. Il affichait des amabilités toutes discrètes. Il ressentait une joie militaire. Leurs rapports n'avaient été qu'invasions, ingérences, et empiètement de territoires. Leur présence l'un à l'autre n'était que déclarations d'armistices inconsentis ou de guerres soudaines.

Pépé se souvint de la voix de son frère quelques jours auparavant, à l'hôpital, au chevet du sanglier. Bon fils aimant et aimé. Le frère est fidèle et courageux, il se bat comme se battent les fils pour sauver les pères. Et c'est lui qui a appelé pour annoncer la mort. Pépé avait savouré cette sonnerie intermittente du téléphone qui résonne et vibre à la fois. Il savait que le père était mort. Les pires ennemis, et aussi les très bons amants, connaissent ce sentiment qui est une sorte de précognition de l'anéantissement.

Il avait décroché juste avant la fin de la sonnerie,

et avait entendu un silence. Il goûtera encore longtemps dans sa mémoire ce temps suspendu avant l'annonce. Ce temps qui n'est qu'une seconde, et qui ressemble à l'empressement dans la menace. Le silence avant le fracas, ou le ventre juste avant la lame. L'imminent avant que le solide ne casse. Ensuite, la voix du frère, sombre et gutturale, tout en retenue tant la larme l'entrave, et enfin les mots prévus :

« Papa est mort. »

Une messe fut dite, sotte et hypocrite, mignonnette dans son petit village, sous son petit clocher de quelque part. Il y a les imbéciles heureux qui sont nés quelque part et les crétins méchants qui sont morts quelque part. Le père-sanglier était de ceux-là, qui s'enorgueillissent jusque dans la mort, qui ont soigné leur tombe au cas où les autres ne le feraient pas suffisamment pour lui. Le marbre rutilant reflète un ciel morne de novembre, le caveau monstrueux est vide. Aucun membre de la famille n'est déjà enterré là car c'est lui, souverain, qui a décidé du lieu. Il a choisi la portion nouvelle du petit cimetière. Il a préempté du linéaire pour y faire creuser ce qui ressemble plus à un abri antiatomique qu'à une tombe. Sur le marbre, trône l'inscription Famille Machin. Mais Pépé se dit qu'il ne suffit pas de faire graver une plaque minéralogique « Machin » pour rouler toute l'éternité dans le carrosse rassurant d'une famille. Il se dit qu'une famille n'est rien d'autre que de la caresse.

Les trois enfants de Pépé sont là. Ils pleurent bien sûr, parce que c'est chialant. Tout est prévu par le moment. Les larmes, c'est contractuel pendant un enterrement. Le cadet veut regarder dans le caveau : « Papi il va être là ? » « Oui mon garçon il va être là. » Il se tient dans les bras du gamin et alors les deux frères ne font qu'un comme toujours ils ont été, la main du dernier dans la main de l'aîné, dans leur poitrine un grand vent marin. Y'a de la voix rauque de gorge qu'on racle. Y'a de la fleur, aussi. Coupée, plantée dans de la mousse pour que ça tienne le coup les quelques heures prévues. Ça dégueule de la fleur, même si dans quelques jours tout sera fané puis moisi. Pépé ne pleure pas, bien sûr. Il goûte une joie profonde qui remonte de loin. Il baigne sans gloire dans une paix nouvelle. Celle qui naît à la fin du corps-à-corps entre un père et un gosse qui ne s'apprivoisent jamais. Ni du côté de la vie ni de l'autre.

Et ça y allait du compliment sur le défunt, de l'anecdote succulente que chacun se croyait seul à détenir. On y allait ferme, on y croyait fort. Pépé voyait sous ses yeux la cristallisation de l'histoire.

Ce moment très particulier dans le trépas où le mouvement se fige et avec lui le récit qui le contient.

« Cet homme merveilleux si dévoué à sa famille. » Voici une phrase bien commune qui fut prononcée et qui, dans son énonciation même, voit s'amalgamer et se souder autour de l'homme sa merveillosité et son dévouement. Même le prêtre – qui s'était présenté sous le patronyme de Père Extra – y allait de force éloges et allocutions laudatives. Pépé suspectait même une ultime duperie où, contre rémunération, le défunt aurait acheté un par un les qualificatifs de sa postface. « Jean, assurait-il, a soigné, sa vie durant, les corps jusqu'à leur redonner vie, il soignera sans doute les âmes dans tout l'au-delà qui lui est maintenant dévolu. »

De Pépé, on n'entendait pas les rires, uniquement parce que les reniflements les surpassaient. À la question « Pourquoi tu pleures ? », gosse, il n'avait jamais pu répondre.

Mais il savait exactement pourquoi, ce jour-là, il ne pleurait pas.

SON GAMIN ÉTAIT LÀ. Long et mince en bas des marches, le visage relevé vers lui dans un pull à col roulé. Pépé comprit qu'il était venu pour démarrer cette conversation que ni l'un ni l'autre ne souhaitaient mais savaient nécessaire. Il descendit la dernière marche et lâcha la rampe. C'était pour ajouter à leur propre histoire – bien que celle du pépé s'amenuisât inexorablement. Pour maintenir leur temps de présence, une bougie dont la flamme vacille. Ils la redoutaient, cette conversation, car ils savaient qu'à la fin, resterait l'énigme harassante de la disparition. Le silence de l'absence continue s'installerait. Cette brutalité qu'aucune force n'inverse, n'arrête, ni ne freine.

Alors pour ne pas démarrer cette conversation, le gamin s'était mis au piano. Dans le salon, Pépé écrivait à côté. Le gamin posait sa voix de tête un peu égosillée sur une mélodie de Supertramp. Pépé, toute sa vie, s'était réjoui que le gamin joue du piano. L'une des joies du quotidien. Celle des conversations animées, de la lumière dans le salon qui rase les pages des livres ouverts tard le soir. Celle du silence des enfants qui dorment enfin dans leur chambre et de Pépé et Maminette qui se retrouvent pour goûter l'un à l'autre.

Le piano du gamin était de ces joies-là, celle de la rangée de radis dans la jardinière, celle de la gamine qui revient avec son 16 en maths comme un trophée, la joie du petit qui ouvre la case numéro 2 du calendrier de l'avent. Le piano du gamin parmi tous ces bonheurs dont on fait des brouillons mais rarement des Pléiades.

La toux du pépé s'était tue progressivement grâce aux notes du gamin. Un intermède entre le désastre et l'accalmie. Cette après-midi-là, aucun mot ne fut prononcé, et leur conversation n'eut pas lieu. Simplement un peu d'histoire du gamin et de Pépé fut écrite. Dans le silence et face au temps émacié, dos à dos, discrètement ils pleuraient.

L'après-midi s'acheva. Le gamin repartit, laissant suspendue la poussière sur le piano, car c'est comme ça qu'on l'aimait la poussière, suspendue et jaunie par la lumière qui filtrait des rangées de livres. Le pépé aurait bien aimé s'y fourrer, dans les rangées de livres, s'y faire discret pour profiter encore un peu de la vie gentille qui avait coulé dans sa maison, des canapés mous, du tapis aux poils collés par la crasse accumulée, du fumet qui montait de la cocotte où se fomentaient les préparatifs des redoutables appétits.

LES CONVERSATIONS NÉCESSAIRES entre les pépés et les gamins sont des choses tenaces. Moins de deux jours avaient passé. Pépé toussait crasse. Et justement, par la fenêtre, il voyait l'aîné de son clan qui remontait l'allée. Quelles que soient les circonstances, même dans le soleil couchant à contre-jour, il savait que l'ombre projetée là-bas par le soleil brutal était celle d'un de ses petits. Le gamin revenait après que, rangés l'un et l'autre près du piano, ils ne s'étaient rien dit.

« Bonjour Pépé ! » dit le gamin.

Il souriait comme du lavandin en fleur, il sentait le sel et le savon frais, il était fort comme une bûche et encore moelleux de la mousse qui s'y accroche.

En plus de la tristesse, le gamin sentait la malice héréditaire. Mais la tristesse quand même le précédait et l'enveloppait. Le pépé était sorti en boitant sur le perron tandis qu'il approchait. Et les deux se regardaient, pour se souvenir toujours de cette image. Pépé s'installa sur le banc et se mit à fixer un point loin devant. Ils restèrent un moment là sans parler. Le gamin essayait de trouver le point sur lequel les yeux de Pépé restaient rivés. Les grandes branches du tilleul brassaient le chagrin encore et encore jusqu'à l'effilocher.

« Vas-y ! »

Il disait ça comme ça, une sorte de préalable.

« Tu regardes quoi, Pépé ? »

Après plusieurs secondes, il lui répondit lentement :

« Eh bien je te regarde toi, mon garçon !

– Mais Pépé je suis là, pas au bout du pré.

– Oui, mais je regarde devant toi, mon garçon. »

Le pépé sentait la respiration du gamin devenir plus lente, coller de plus en plus au mur, onduler dans les ombres. Ils trouvaient une sorte d'accord.

Le gamin demanda si Maminette était là.

« Bien sûr fils, elle est toujours là ! »

Vers le potager ou vers les casiers à lapin, dans une chambre debout sur un tabouret pour ranger des serviettes. Elle agitait du propre dans le désordre. Ou elle pelait des légumes ou elle ramassait un pyjama en boule.

Le gamin ne se leva pas pour aller la saluer. Il le faisait parfois, mais là il n'était venu que pour voir

Pépé. Il s'était dit qu'il ne pleurerait pas. C'en était trop des pleurs. Pépé sentit qu'il allait poser une question.

« Et toi, tu es là ? »

Il comprit la question et qu'il ne s'en sortirait pas avec une pirouette. Il tenta quand même.

« Parbleu, fils !

– Pépé, vas-y, c'est quoi encore ce mot ! *Parbleu,* mais d'où ça sort cette expression ? Pépé, je suis venu te voir pour te poser cette question. Et tu l'as bien comprise ma question…

– Oui, fils, j'ai compris ta question. »

Il laissa un long silence. Long. Et le gamin entendait la réponse dans le silence. La lourde réponse qu'il connaissait. Mais il était venu poser la question, il avait remonté l'allée, il s'était assis. Il fallait donc répondre à la question.

« Je suis là mon petit, encore un peu là.

– Pas plus ?

– Non mon garçon, pas plus !

– Et après, Pépé ?

– Et après quand on est là, eh bien on n'est plus là, fils. On n'est plus là.

– On est où ?

– On est là-bas.

– C'est là-bas que tu regardes ?

– Non ce n'est pas là-bas, ce que je regarde c'est ici, tout ce qui est ici. Je vis dans le regard, dans les choses d'ici. Là-bas ça ne m'intéresse pas, car il n'y a rien qui m'intéresse.

– Qu'est-ce qui t'intéresse, Pépé ?

– C'est toi qui m'intéresses, petit.

– Tu sais que je suis grand ? Que j'ai dix-neuf ans ?

– Oui je le sais, fils, mais tu es mon petit aussi, alors tu es petit.

– Et après je serai grand ?

– Oui, tu seras grand.

– Mais quand tu ne seras plus là, alors ?

– Oui, quand je ne serai plus là.

– Tu vas mourir. Je veux rester petit.

– J'espère bien !

– Arrête Pépé, arrête !

– D'accord petit, j'arrête. Pardon.

– Quand ?

– Tu connais la réponse, mon garçon. Je vais mourir bientôt. Bientôt.

– Je ne peux pas, Pépé ! »

Alors le pépé, qui n'avait presque pas bougé d'un seul millimètre, se tourna vers le gamin. C'était l'effroi pour lui mais pour le gamin plus dur encore, il était envahi par la terreur. Il chuchota, à peine audible :

« Il va falloir mon garçon !

– …

– Pleure mon fils, pleure. Moi aussi je pleure. »

Mais les pleurs c'est que des pleurs et rien d'autre. Il voyait les mains de son gamin trembler, et ses doigts se tordre. Il avait envie de les saisir pour dire à son gamin de comprendre, mais il n'y avait rien à comprendre, et rien à dire et rien à faire. Alors il ne les saisit pas. La main du fils, il l'avait tenue jadis, elle s'était blottie dans la sienne, elle y avait trouvé la fermeté nécessaire pour débusquer les chemins et avancer. C'était maintenant une main d'homme. Le gamin regardait le pépé. Il voulait emporter son visage, le taillader pour en prendre une part et la garder avec lui pour toujours. Il voulait lui dévisser la tête et la poser sur le piano. Le pépé voyait son petit qui pleurait et leurs sangs mêlés qui se séparaient.

Le gamin se reprit un peu. Il dit dans un demi-souffle qu'il allait revenir parce qu'il restait des choses à se dire. Ils se firent une promesse de tilleul et de pierre. Tant que durerait cette prochaine conversation, le pépé serait là. Durant toute leur vie, ils s'étaient dit trop peu de choses. Ils se parleraient. Après ce serait fini.

Le gamin partit comme un tas de bûches dans la pente, sans se retourner. Et Pépé le suivit des yeux jusqu'au bout de l'allée. Après la dernière rangée de cognassiers, le gamin prit à droite. Il monta dans sa voiture. On ne la voyait pas depuis la maison.

Il baissa la vitre pour sentir le vent sur son visage. Il pleura plusieurs champs et une rivière, jusqu'au vallon. Sur sa joue, il y avait de la poudre de papa qui collait. Sur le banc, Pépé avait posé sa main dans les larmes de son fils, il avait senti sa vie, sa force. Il avait porté la main à sa joue pour mêler les larmes de son gamin aux siennes.

LE FRÈRE VINT. Jeune, il ne l'était plus, mais fort et fier, pas loin finalement d'une réplique du père, avec une sorte de méfiance de cette colère volcanique et de ses accès intérimaires. En ceci il était bon comme l'est tout homme qui se méfie de lui-même d'abord et des autres ensuite. Il remontait l'allée jusqu'au tilleul. Pépé savait que la venue de son frère était un signal mauvais. Les frères ne viennent pas pour prolonger l'histoire, comme le font les enfants. Ils viennent pour sonner la fin, pour cueillir un relais mémoriel en même temps qu'un adoubement. Un cérémonial, surtout que le père venait de mourir et que l'on était dans cette succession où chacun change en quelque sorte d'étage. On restait fils malgré tout, mais on devenait subitement patriarche. Dans l'ordre des choses de la famille, si secrètes et si ténues, la venue du frère était une façon de procession notariale.

Longtemps tenu pour le cadet, le voilà qui soudain franchissait deux crans. Celui du père qu'il venait d'enterrer, et celui du frère aîné, Pépé, qui pourrait peut-être bien crever. Bien sûr, c'est une joie secrète qui ne se dit pas, en des temps si graves. Pourtant c'est bien là ce qui se joue, dans ces pas qui remontent l'allée, ralentis pour les engourdir de gravité mais puissants d'un nouvel entrain, et lors de l'accolade – gros velours contre gros velours – qui va se dérouler là dehors à l'ombre du tilleul. C'est ça l'adoubement, ce genou à terre que l'on pose, la jubilation qui se mêle à l'effroi. Il n'y fallait rien voir de particulier ni de personnel, entre les deux frères qui au demeurant s'appréciaient, mais simplement cette normale résurgence de la crasse humaine, comme un mauvais reflux de l'âme.

Maminette ressentit le surgissement du frère comme le ciel qui, juste avant la nuit, brusquement s'assombrit. Une sorte de menace qui avant l'ombre surgit, rôde en tous sens et puis s'efface.

Pépé était à l'étage, il glissait dans sa poche un mouchoir soigneusement replié en quatre. Il avait vu son frère arriver par la lucarne de son bureau. Il ne pensait pas qu'il viendrait si tôt, il ne pensait pas en être là. Pas déjà. Finalement, l'histoire se déroulait presque sans lui. Nombre de personnes autour de lui parlaient à demi-mot de sa mort prochaine. Peut-être pour se la rendre moins dure, peut-être pour se sentir plus fort.

Il entendait chez certains cet accent qu'il détestait ; celui des défaites. Des pensées qu'on chuchotait. Ça ressemblait aux excuses des lâches ou à ceux qui en religion baissent le front en se croyant déjà pardonnés.

Il toussa dans un coussin pour qu'on ne l'entendît pas. Puis il prit sa canne et descendit l'escalier comme font les chats par temps de lune, sur patins de velours et fourberie de matou. Il contourna l'escalier pour ne pas avoir à passer par la cuisine et sortit par la porte entre la cave et le potager. Il s'assit, à sa place, sur le banc, sous le tilleul.

« Il va descendre, dit Maminette. Il est là-haut depuis 11 heures.

– Dans la poussière de ses bouquins », dit le frère. Et il sortit sur le perron pour griller un cigarillo et jeter l'allumette dans le gravier.

« Ah mais tu es là ! dit-il en voyant Pépé sur le banc. Je ne t'avais pas vu et ta femme vient de me dire que tu étais en haut. »

Il y eut bien accolade, gros velours contre gros velours.

« Attends, je prends une chaise. »

Il s'assit face à Pépé que la fumée incommodait.

Le frère ne savait pas par où commencer. Il fit

quelques remarques sur l'automne qu'il affectionnait. Pépé n'était pas sûr d'être toujours en vie à l'automne, mais il ne dit rien. L'autre parla des versants roussis de l'Ardèche, très loin de là, et des bogues qui piquent à travers les gants au pied des châtaigneraies. Il dit que des chemins serpentent entre les pierres là où existent des royaumes minuscules. Il ne dit pas vraiment ça, mais c'est ce que Pépé entendit.

Il regardait son frère et admirait son courage, trouver des paroles légères dans un moment si grave. Il se disait qu'ils allaient partager leurs derniers mots. Il faudrait les choisir mûrs et bien replets. Pépé mesurait chez son frère la peur de parler de la maladie. Il empruntait des chemins détournés, évoquait les Cévennes, les genêts là où Pépé observait des rochers. Il voyait des paysages là où Pépé devinait poindre l'orage. Ils avaient eu des enfances différentes dans les mêmes lieux pourtant, aux couverts de la même table, devant les mêmes repas. Ils avaient partagé l'enfance, mais dans des proportions inégalement réparties. Les familles ne sont pas des récipients où les anomalies qu'on y déverse s'égalisent équitablement.

Pépé entend des nouvelles de ses neveux et nièces et le confort des après-midi clémentes, les repas gras dont les sauces parsèment de gouttes les nappes, le couple tumultueux, l'épouse et son vacarme, il voit le vin se répandre le long des carafes. Et il aime ces histoires qui furent les siennes aussi. Il les aime car ce sont les histoires quotidiennes de la vie menue et bourgeoise. L'histoire qui s'inquiète seulement de la disparition du soleil après la sieste. L'histoire simplette et étrangère aux larmes.

« Et toi, comment te sens-tu ? »

Bien sûr, Pépé ne répond pas. Sans animosité toutefois.

« Crois-tu qu'un guerrier pense jamais qu'il va mourir ? lance-t-il.

– Oui, bien sûr qu'il sait qu'il peut mourir, lui ou son copain de tranchée, commence à répondre le frère.

– Non, coupe Pépé. Un guerrier se bat toujours sans jamais penser qu'il va mourir, ni lui ni son copain de tranchée, et avec cette exaltation qui lui fait espérer que demain sera meilleur qu'aujourd'hui, que la victoire sera parfaite, que les femmes seront siennes et les champs fertiles, que l'herbe sera couchée dans les prairies pour son seul pas. C'est ça la guerre, frérot !

– OK, OK, pas la peine de t'énerver, comme tu

veux, oui la guerre, les guerriers, tout ce que tu veux. »

Et le silence s'installa, fait de ces incompréhensions dont ils étaient coutumiers. L'un traitait son aîné d'intello de merde et de beau parleur. L'autre traitait son cadet de bourgeois. C'était le drame au milieu du drame, et tout ça seulement à cause des mots.

« Chaque guerre se gagne, lança Pépé. Au sujet de la guerre, il n'y a que ceux qui la gagnent, que ce soit clair… »

Le silence se fit.

« Et appelle-moi Pépé s'il te plaît, comme tout le monde. Je suis Pépé. Je répondais juste à ta question. Il n'y a que la guerre et la victoire.

– Mais, Pépé, parfois on perd.

– Jamais on perd, regarde-moi. Regarde-moi, hurlait-il. Regarde-moi, je te dis ! Tu entends ma fureur, tu veux entendre mon bruit ? Regarde-moi, jamais on perd. Perdre ça n'existe pas. La défaite, les plaines au pied des remparts, remplies de morts, les sirènes et les brancards, ça n'existe pas. Le bip des perfusions qui résonne avec le petit écran qui clignote "occlusion aval", ça n'existe pas. Tu comprends ça ? La guerre, ce sont les poings qui dévalent les gueules, frérot, ce sont les décharges à pleine vitesse, les articulations main-bras-épaule et leur accélération sans fin. La guerre, ce sont les petites victoires, même contre les faibles et même contre les riens, ce sont les soupes renversées et les chevilles qu'on attrape quand elles dépassent des pyjamas. C'est ça la guerre, frérot, et peut-être tu ne comprends pas ce que je dis et d'où vient que dans le tumulte je brasse et je nage, mais ce n'est pas que je vis, c'est que j'enrage. »

Et redevenu plus doux il ajouta :

« Il n'y a que la guerre, retiens ça, il n'y a que la guerre et j'enrage, et la défaite ça n'existe pas. »

Le jeune frère était terrorisé, collé au dossier de sa chaise, collé au tilleul, collé à sa chemise. Il venait porter sa paix et il récoltait une misère.

Maminette vint s'asseoir à côté de Pépé.

« Tu as été dur avec lui.

– Oui je sais, mais je n'avais pas le choix.

Elle sécha tout le misérable, et de la manche elle essuya son menton. Pépé n'arrivait pas à retenir ses poumons. Il toussa pire qu'un éboulement, sans pouvoir s'arrêter, en quintes qui s'alimentaient les unes les autres et en ravalant chaque fois tout ce qui lui venait dans la bouche. Jamais devant Maminette il n'usait du mouchoir. Il laissait dans sa bouche le goût de fer.

Il était appuyé sur sa canne et Maminette les deux pieds dans les larmes. Alors il la regarda bien droit et lui dit :

« Pardon pour cette guerre, mon Amour, je te demande pardon pour cette guerre. Regarde-moi, mon Amour – et elle le regarda – regarde-moi, ma bataille. Pardon pour cette guerre, et pardon pour la victoire car elle sera si coûteuse que mille fois tu auras préféré la défaite. Pardon mon Amour, il n'y a pas de défaite, c'est une affaire épuisante car la défaite n'existe pas. »

COMME ILS SE L'ÉTAIENT DIT, le gamin revint visiter le pépé. Une fois encore, Pépé le guettait de loin et son arrivée était clémence et onctuosité. Le gamin venait avec la déférence des fils. Un mélange de fierté et de respect, quelque chose de sa propre force greffée sur la filiation qui faisait que les deux hommes n'en formaient qu'un seul.

Une histoire de femme, Pépé le sentait.

« Regarde toujours, fils, lui dit-il, et vois ce qui ne se voit pas. Creuse avec ton œil ce qui se cache dans les pourtours. As-tu déjà vraiment regardé un homme ? Vois-le dans sa nudité, ses mains plantées dans ses poches qui lui font légèrement remonter les épaules vers les oreilles. Ses mains, il n'a pas envie de les montrer. As-tu regardé sa bouche ? Elle est petite et autour la barbe est drue. Sa parole est directe, au moins autant que ses yeux sont perçants et vifs. C'est lui qui parle mais c'est toi qu'il écoute, c'est toi qu'il regarde, étudie et jauge. Les hommes sont comme ça, fils, et il faut que tu le deviennes à ton tour. De ses paroles, d'une première rencontre, tu ne retiendras rien. Ce sont ses paroles du tout-venant, ce sont des mots préparatoires, une sorte de mélopée qui vaut comme entrée en matière sans qu'en vérité rien ne soit dit de réel et d'important.

– Mais comment repérer les vraies paroles, Pépé ? Quand commence la parole de l'homme vrai ?

– Chut, fils, chut, écoute et regarde ce que je te montre. Vois-tu, tant que ton homme n'a pas sorti ses mains, tant que tu ne les as pas vues, alors considère toujours que tu ne sais rien. C'est avec ses mains qu'il a pétri des femmes et meurtri leurs poitrines. Il leur a pris les cheveux pour les tordre à son baiser brutal. Certes, ses mains ont construit des maisons, charrié des pierres, clôturé des parcelles et délimité ses territoires, mais surtout, avec elles, il a soumis ses femmes.

– Pourquoi Pépé, dis-tu *ses femmes* ?

– Parce que c'est un homme aux multiples femmes, c'est la première chose qu'il te faut savoir ; lorsque tu considères un homme – et plus tard une femme – tu dois toujours savoir s'il est l'homme de plusieurs femmes, et concernant chaque femme, si elle l'est de plusieurs hommes. C'est quelque chose de très subtil, c'est la fureur au creux des reins en chacun. Je ne connais pas les animaux mais j'irais presque à parier qu'ils ont la même canine, plantée juste à l'aplomb de la lèvre. Les mains, fils, les mains toujours de l'homme, qui de la femme en presse les seins pour en extraire l'amour et les fils. Les mains de l'homme qui presque jamais ne vaquent à la disgrâce d'une amabilité, ces mains au creux desquelles on devine autant le replet des femmes que les batailles d'airain. Regarde toujours, mon fils, les mains de l'homme que tu as en face de toi, elles te diront tout de lui. Regarde ses cheveux et l'endroit sur le front où ils s'implantent, leur raideur et leur direction. Regarde la musculature de son dos, elle te dira combien de fois il s'est penché sur les femmes. Regarde sa bouche et imagine le râpeux de son baiser. De son torse tu apprendras comment la femme s'y loge, espérant toujours que ses deux bras sur elle vont se refermer pour autre chose que pour l'attabler au repas des corps. Regarde un homme, fils, regarde toujours ton homme bien en face car il te dit tout et tu sauras si vos chemins peuvent faire mieux que se croiser. Fais-le parler beaucoup pour en apprendre le plus possible, et retiens que c'est toi qu'il écoute. Quand tu cherches en lui il cherche en toi, c'est ainsi que font les hommes. Lorsque tu as trouvé en lui les femmes, alors certainement les a-t-il aussi trouvées en toi. C'est ainsi que font les hommes, chercher en chacun la chevelure des femmes, leurs seins assouplis et leurs fesses exactes. Je ne sais mieux te dire, fils, regarde encore son œil.

– Pépé je comprends rien, rien à ce que tu me dis là. Déjà l'autre jour tu me parlais de regarder devant. Devant moi, mais je comprends rien !

– Oui petit, mais écoute, s'il te plaît. Ce que je te dis, c'est le fruit d'une vie, et aujourd'hui, tu le sais, ce fruit il faut que je te le confie. Regarde ton homme, sa main, son œil et ses femmes. Préfère les hommes qui font des femmes au moins leurs égales, tant en tout elles nous contiennent et nous dépassent. Passionne-toi pour les hommes qui te parlent des femmes. Adore les femmes. C'est notre lot à tous, pauvres hommes, de n'être que des hommes alors qu'elles ont cette grâce folle qui étourdit et nous terrasse. Voilà ce que je voulais te dire, mon fils, mâchonne ces mots, façonne ton bois, frotte-toi aux femmes et rudoie les hommes. Toujours, toujours dans cet ordre-là. »

Le gamin était reparti, décrétant, car ça n'était pas faux, que Pépé était fou. Mais il repartait aussi avec un surcroît de force dont il n'arrivait pas à savoir d'où ça lui venait. Pépé toussa et porta la main à sa bouche, étranger à sa propre gorge, la questionnant comme un nouveau membre ou une étrangeté.

Peut-être comme le petit garçon qui pour la première fois voit son sexe en érection. Il porta la main à sa gorge et s'en saisit, non pas qu'il doutât qu'elle fût vraiment là, mais un peu toutefois.

IL EST LÀ, LE PETIT. Il est l'œil plein d'éclats, et la bouche de malice. Il est le petit, entre pleurs et courants d'air, il joue. Il est fait de glissades et d'histoires maigres mais innombrables où le voleur toujours se rend au policier. Ce qu'il faut aimer des enfants de cet âge c'est le mouillé des baisers, leurs embrassades franches, leurs bras véritables et leurs lèvres lorsqu'elles fracassent un bisou. Ce qu'il faut aimer des enfants de cet âge c'est la lèvre salie des miettes d'un goûter hâtif, qui aborde la joue non par le milieu mais par le bord, près de la pommette ou de la moustache. C'est ce baiser presque toujours imparfait et si succulent. Cette fraîcheur et ce bruit de froissé n'ont aucun équivalent.

Mais Pépé n'est pas là ce matin, il est parti faire un tour dans les bois. Sa maraude. Il a chaussé sa casquette et il pousse les collines avec l'œil, plein de cumulus, rasades de vent ; le vent de la dispersion.

Il n'est pas là, Pépé, il est chemin faisant, pareil à la poule faisane, à l'affût du chien et dans l'angle possible d'un fusil. Pépé est parti avec sa canne et un air de défi dire sous le ciel et à son attention combien il l'aime et combien il regrette son inclémence. Il est parti canne au bec, sourire à la ceinture et vie à la main pour pleurer sur l'avoine fleurie. Parti se ressourcer dans la vigueur des mils et des montées en graine. Il est parti pour commencer à n'être plus là, un peu, gentiment. N'être plus là quelques heures, n'être plus que vent, rincé sous la pluie, fuite de nuage, tabassée de grain sur la campagne, brutalité d'orage, traînée de printemps, passage, en somme ; empreinte plus que présence.

Bien plus que des pères dont ils sont pareils à des membres, les petits sont les prolongements de leur mère, comme des étirements de leur être tout entier, une ombre portée. S'ils ont pris du papa la cuisse ou le torse, c'est pour s'en vêtir comme d'une cuirasse. Le petit est Maminette, sa joie transfigurée sous les traits d'un à-peine-autre, il est sa jupe et se vêt d'elle comme une main gantée vient donner forme sous le cuir. Il est là partout, nulle rivalité entre Pépé et le petit pour Maminette. Quand elle embrasse son enfant, c'est bien lui qu'elle aime.

Le petit mastiquait une baie défendue ou une

gomme ou un brin de courant d'air lorsqu'il arriva, virevoltant, dans la cour. Sur le carrelage, la vaisselle laissait des gouttes. Maminette l'accueille et le petit rentre dans sa robe pour s'y loger mieux que le futur papillon dans sa propre soie.

« Maman il est où Pépé ? lance-t-il.

– Tu sais bien qu'il ne faut pas dire Maman mais Maminette !

– Maminette il est où Pépé ? »

Maminette regarde par la fenêtre du côté des champs en sachant qu'il est trop loin pour qu'elle puisse l'apercevoir.

« Il est parti faire un petit tour, dit-elle fort pour être entendue malgré les bourrasques dans le tilleul.

– Quoi ! Encore ? »

Et il ajoute rempli d'un trop d'appétit pour l'immédiat :

« J'y vais alors, je vais trouver Pépé ! En avaaaant !

– Attends petit, attends, crie-t-elle. Attends, reste avec moi, laisse Pépé marcher un peu, ça lui fait du bien, tu sais.

– Oui, mais il peut marcher avec moi ?

– Un peu tout seul, je veux dire, allez, reste un peu, viens ! »

Maminette, fatiguée et pleine de torchons sans rien à essuyer, s'assoit sur le banc. Elle relâche légèrement son dos et le petit la rejoint pour une caresse, à droite de Pépé qui n'est pas là.

« MAMAN ? MAMINETTE ?
– Oui ?
– Pourquoi Pépé il veut qu'on t'appelle Maminette ? »
Elle sourit.
« Tu sais, aujourd'hui c'est un mot qui n'est plus très à la mode mais il y a quelque temps encore…
– Ah oui ! Ça veut dire que c'est un "vieux" mot ?
– C'est ça : "plus à la mode" ça veut dire "vieux". Les jeunes quand ils avaient une amoureuse ou quand ils voyaient passer une jolie fille ils disaient que c'était une minette. Et quand un des garçons avait une amoureuse alors il disait que c'était sa minette.
– Ah ?
– Et Pépé, comme j'étais son amoureuse, il disait "ma minette". Et il s'en est toujours souvenu. Moi

aussi d'ailleurs. C'est comme ça que plus tard je suis devenue Maminette. Tu comprends ? »

Incrédule, inquisiteur, il absorbait les explications de Maminette comme on mastique un mauvais gruau. Il reformula avec ses mots :

« Depuis que Papa il sait qu'il va mourir et que les papas ça meurt pas – y'a que les pépés – alors il s'est souvenu que tu es sa minette, et donc il t'appelle "Maminette". Il est devenu Pépé et tu es à lui parce que les pépés quand ils ont des amoureuses ils les appellent "maminettes". Donc papa il t'aime... Mais Maman, euh Maminette je veux dire, il y a une boulette ! »

Maminette avait déjà les larmes qui avaient atteint le niveau de l'estomac. La grande patauge.

« Il y a une boulette parce que tu m'as dit que "minette" c'est un mot de jeunes. Un mot vieux mais pour les jeunes.

– Oui et alors ?

– Ben alors Pépé il est pas vieux ! »

Il poussa un cri de joie sans limites, sans parapets, dans le précipice, et il courut de toutes ses forces vers les champs et la forêt, comme un jeune chiot ou un canard devant une balle de fusil, pour prendre Pépé dans une chasse mémorable.

« Youhouuuuh ! Pépé il est jeune ! » Et il hurlait comme un beau diable des « En avaaaant ! »

Maminette avait quelque chose à essuyer. Elle

essuyait la maman et la femme. Les larmes, c'était de l'alcool pur sur la plaie. Incisée la femme, cautérisée qu'elle était.

Le petit avait rejoint Pépé en deux cavalcades, un saute-colline, un tourne-autour-de-l'arbre, il y laissait de la chaussure dans le vallon, les herbes le virent passer comme une tornade et s'en souviennent.

« Maminette elle m'a dit que tu aimais bien marcher un peu tout seul, alors je suis venu, comme ça on peut être tout seuls tous les deux.

– C'est bien, mon petit, c'est une bonne idée, j'aime bien être tout seul avec toi.

– Tu as vu des animaux pendant ta balade ?

– Hum, non pas vraiment, tu vas être déçu. Enfin, quelques-uns, mais qui ne vont pas trop t'intéresser. J'ai vu des fourmis, un scarabée tout doré, et des coccinelles aussi.

– Ah, tu as pas vu un renard ?

– Non, petit, pas vu de renard.

– Ah ! Parce que moi je crois que j'en ai vu un.

– Ah oui ? Les poulettes dans le poulailler doivent être tout émoustillées alors. C'est pas tous les jours qu'on a la chance de se faire croquer…

– Pépé ? »

Le petit l'interrompit car il avait son idée sur le renard, pas encore sur les poulettes.

« Oui, petit.

– Tu es vieux ? »

Pépé resta un peu interloqué par la question. Il se sentait comme un pèlerin qui va tomber dans une embuscade et se faire dépouiller de sa gabardine.

« Oui je suis vieux. C'est pour ça que je marche lentement et que j'ai une canne, tu vois ; elle me sert bien, cette canne.

– Oui mais…

– Oui mais quoi ?

– Mais en fait tu es malin parce que Maminette elle m'a dit que tu es rusé comme un renard.

– Ah oui ? Maminette dit ça ! Oh je sens que je vais lui mettre une bonne gentille fessée à Maminette. Elle va se faire croquer par le renard, Maminette, si elle continue de faire des blagues comme ça. Et alors en quoi je suis rusé, petit ?

– Comme ça, rusé, c'est tout. Mais moi je sais que tu es jeune, pas vieux. Tu marches lentement avec ta canne si tu veux, et je t'appelle Pépé si tu veux, même Vieux Pépé, mais moi je sais que tu es jeune. »

Pépé avait envie de trouver le repos près de cet arbre qui se présentait couché sur le flanc gauche. Ça existe, le flanc gauche pour les arbres, c'est le côté du cœur à l'ouest du poumon. Il était couché, cet énorme tronc, et il mangeait bien la terre qui lentement en épousait sa forme.

« Est-ce que tu veux que je te raconte une histoire ?
– Oh oui, Vieux Pépé, s'il te plaît ! – plein sourire.
– Quand tu ris, je ris avec toi. Et quand tu cours partout je veille sur toi. Quand tu as du chagrin je te prends dans mes bras. Et je te réconforte. »

Dans cette histoire, le papa ours plaçait sa truffe énorme contre la truffe de petit ours, et Pépé désignant les deux nez prononçait « nez-nez » ; c'était le baiser des ours, un tampon bien appuyé du bout de la truffe énorme et humide. Plus jeunes, Pépé et le petit frottaient leur nez l'un contre l'autre. Ils dirent en chœur, fort, au vent et à la prairie : « Nez-neeeezzzz » et puis Pépé continua :

« Si tu as peur, ne crains rien, je suis là,

Et si tu te perds dans la tempête, je saurai toujours te retrouver,

Je prendrai soin de tes rêves, je ferai tout pour qu'ils se réalisent… »

Une histoire brève, et c'est pour cela qu'il la répétait sans cesse, pour qu'elle ne s'arrête jamais. C'était quelques mots dont il n'avait jamais douté et qui pourtant n'avaient jamais été vrais. Il se demandait aujourd'hui s'il devait encore les prononcer, ces quatre mots. Doit-on la vérité aux enfants ? Il le dit, car il y croyait en vrai, qu'il serait toujours là. Dans le vent, pour son petit il serait toujours là. Sur sa joue pour assécher les pleurs, il serait toujours là.

Alors d'une voix grave il prononça les quatre mots qui marquaient la fin de l'histoire : « Je serai toujours là. »

PÉPÉ REMUAIT SES DOIGTS dans le trait de lumière qui caressait le pourtour du volet. Chaque jour, au petit matin, entre la veille et un peu de lendemain, il commençait une lettre. Pour son gamin, sa gamine, son petit, et sa Maminette. Jamais il ne la leur envoyait.

Bonjour mes amours, ma joie, ma clarté, bonjour mes enfants et ma femme. Sentez le soleil cogner le volet, c'est la vie ce matin encore renouvelée. Sentez par la fenêtre caresser la force et percer le jour, sur le parquet regardez son trait de lumière. Je ne sais ce qui me retient de vous serrer dans mes bras, mes enfants.

Mes enfants, mes amours, ma rosée, mes poissons dans le filet de mes bras. Gourmand de tout ce que vous êtes, mais surtout de vos cheveux où je sème des baisers surnuméraires. Gourmand de vos quatre cœurs qui battent dans ma poitrine.

Mes petits, ma joie, ma femme, le soleil bute à la fenêtre. Mes amours, écoutez !

Et puis il jetait la lettre, car aucun mot ne pouvait dire ce qu'il ressentait.

Pépé mâchonnait tout au long de la journée. Des mots, ou on ne sait quoi, roulaient entre ses dents. Cela faisait un bruit de vieux passablement énervant. Planté sur sa canne, ses deux mains épuisées au sommet, l'une sur l'autre. Par-dessus cette installation, il posait son mâchonnement et ses deux yeux perçants embrassaient tout ce qui passait à sa portée. On le redoutait un peu. Seul en bout de table, il ruminait les graines bouillies d'un repas, en caressant sa fourchette. La vie lui coulait entre les doigts.

Sa place était le devant de la maison, sur le banc dans l'ombre du tilleul. Par jour de grand vent les feuilles promenaient leur ombre sur tout son corps. Les mains qui plaquaient la canne au sol se retrouvaient alternativement dans un trait de lumière puis à nouveau dans l'ombre. Pépé se changeait en caméléon, se glissant dans le feuillage, devenant ondulation. Il se fondait à la fois dans la pierre de la maison à laquelle il était adossé et dans l'ombre mouvante du tilleul. Pépé disparaissait. Être un pépé, c'était disparaître dans le vent et l'ombre des arbres.

Souvent, l'après-midi, Maminette le rejoignait sur son banc. Ils communiquaient par des voies inexplorées. Leurs corps se côtoyaient comme les pages d'un livre ou les rayonnages des bibliothèques. Ils finissaient leurs phrases dans les yeux de l'autre. Ils s'écoutaient avec une égale attention. Ils ne parlaient pas pendant de longues minutes, ils goûtaient le privilège d'être des vieux. De n'avoir rien à faire que de rentrer la maille d'un gilet, d'attendre la prochaine heure et leur maigre goûter. Une eau chaude avec du thym.

Pépé et Maminette se souvenaient de tout ce qu'ils avaient vécu, mais chacun à sa manière. Différents en tout, ils franchissaient des kilomètres à chaque instant pour se retrouver, s'embrasser et ne faire qu'un. Pépé puisait tel ou tel souvenir dans sa mémoire, il le dépeignait sous des traits grossiers et Maminette venait affiner avec son pinceau, ses pigments, sa couleur. Une forêt où jadis ils campèrent, l'odeur de la sève, le sable entre les orteils le matin et la brise sur la peau qui les faisait se serrer encore un peu plus dans le duvet. C'était leurs trésors qui n'avaient de valeur que parce qu'ils étaient ensemble pour les évoquer.

Elle faisait l'expérience de la chute que rien n'arrête. La chute de son homme devenait la sienne. Guetter l'impact avec le sol est pire que la douleur qui lui succède. Maminette chutait et il en avait honte, honte d'être en train de mourir et de lui infliger cette attente.

Il savait la morsure qu'il enfonçait en elle, sans le vouloir bien sûr, en le regrettant. Il pensait qu'un regret c'était quelque chose qu'on avait fait et qu'on aurait souhaité faire autrement. Il n'avait jamais rien regretté. Mais là, c'était une chose dont il souhaitait de tout son corps qu'elle n'arrive pas, et qui était inexorable. Un regret-par-avance, pas une menace, pas la sentence, mais déjà l'exécution. Loger le mal au creux de ceux qu'on aime, c'est ça la douleur ultime.

LE DERNIER MATIN, il écrivit cette lettre à son ami Tristan.

Nous y voilà mon ami, c'est là ! Le voilà notre amour discret d'hommes virils et tellement aimants des femmes que nous en avons négligé le nôtre. Notre amour d'hommes des villes et des regards portés ensemble sur la mer et les montagnes.

Notre amour des pieds nus dans le sable des Salins. J'ai aimé ton élégance gracile, les vestes habilement négligées sur ton corps musclé, ton œil empli de peur et ton courage. Avec toi j'ai appris qu'il n'y a pas de courage sans peur, moi qui n'ai jamais eu peur – et n'en tire aucune gloire – et donc jamais eu aucun courage. Ni peur de mourir ni peur d'avoir mal.

C'est une lettre d'amour, bien sûr. Et alors, ne le méritons-nous pas cet amour, mon ami ? A-t-il été volé, a-t-il diminué celui que tu donnais là, ou celui que je dispensais ici ? L'amour est une quantité non finie, c'est le temps pour le distribuer qui un jour vient à manquer. Le mien arrive à expiration. L'amour est politiquement à gauche, voilà une idée qui te plaira. Quand une personne meurt, elle en prive tout le monde, collectivement. L'amour qui bat, à gauche du poumon. Mon cher ami, ne fais jamais défaut à notre amour : reste ferme et chiant comme tu sais l'être, teigneux et doux. Reste indécis et gouverné par cette peur qui te va si bien, et qui n'est que l'autre versant de ton indescriptible courage. Peut-être ne comprendras-tu pas mais ceux qui t'aiment ou t'ont aimé comprendront ce que je veux dire.

Répète à mes enfants et à Maminette s'il te plaît, jusqu'au bout de tes forces, combien je les aime. Tu leur diras combien ce matin terrible où, dorénavant, plus jamais ils ne me trouveront aux commandes de leur petit déjeuner, d'un œuf coque ou d'une tartine, beurrée dans sa diagonale, combien ce matin de la disparition me hante et me terrorise. Combien ces matins de rien furent tout, leur mine exiguë, leurs oreilles dans les rêves encore pliées, la macération de leur nuit dans l'odeur du matin. Je sais que tu sauras dire tout ça.

Sur mon téléphone ce sont tous tes appels en absence qui m'emplissent de toi, cette pensée presque continue de toi à moi qui m'alimente sans que tu le saches. Nos apparitions successives, et cette ligne discontinue qu'elles tracent d'un bout à l'autre de nos existences. Merci mon ami, je pars fort de ton amitié, bercé par ton doux visage, et son geste toujours généreux. Adieu mon ami, je suis fier d'avoir été le tien.

P.

IL Y EUT CE MOMENT OÙ PÉPÉ NE FUT PLUS LÀ. Sa disparition fut un moment différent pour chacun. L'instant, d'une grande netteté, où le nom qu'on prononçait au début d'une phrase interrogative « Pépé ? », « Papa ? », ce n'est pas qu'il n'existait plus, c'est qu'on ne pouvait plus le prononcer. Il n'apparaîtrait plus, alors que c'était sa main qu'on attendait, ou le claudiquement de son pas ou le son grave de sa voix.

Puissant et tyrannique comme un roi, il avait cru possible que, le jour de sa propre mort, on n'entendît personne pleurer. Il avait imaginé qu'à force de caresses, les pleurs dans sa maison se seraient taris. Il s'était bien douté que ce jour-là il y aurait les mains qui se logent les unes dans les autres, des petites dans des grandes, des yeux qui s'avouent sans le dire : « Maintenant c'est nous », et des épaules qui se prêtent aux bras qui les enserrent. Entre le gamin et la gamine on trouverait le petit agrippé. Et derrière, Maminette.

Il n'avait voulu aucun prêtre et, pour seul cérémonial, des mots simples dans le creux discret d'un vallon. Il avait souhaité que ses cendres soient dispersées dans le vent, et que ses deux grandes phrases, cardinales et souveraines, soient prononcées « Je t'aime plus fort que tout au monde » et « Je serai toujours là ».

FIN

LETTRE À LA GAMINE, DATÉE DU 10 JUILLET.

Bonjour ma fille, ma joie, ma clarté, ma lumière. Bonjour mon enfant, ma petite, mon petit pot de beurre. Je ne sais que dire. Voilà, c'est bien malin d'en arriver là. J'ai adoré, tu sais ma fille, être ce papa que tu regardais les yeux remplis de tout ce qui pourrait t'arriver. Ma force, je l'ai tirée de là. Quand tu étais petite, je la tirais de ta peur dans le noir, quand, d'une main sûre, je bravais la ténèbre pour toi. Tu étais moitié bébé, moitié brioche. Je la tirais plus tard de ta tignasse penchée en ribambelle qui me cachait les pages du livre qui t'absorbait. Je la tirais enfin de cette idée, certes un peu désuète, de te conduire un jour à mon bras dans l'allée d'une cérémonie, où, toi belle comme le jour, et moi fier comme un père, j'aurais lâché une dernière fois ta main, et l'aurais déposée dans celle d'un homme jeune et beau. Il aurait eu les jambes en guimauve comme moi. Cette force est partie et je ne serai pas présent ce jour-là. Je voulais que tu saches que j'y ai pensé. À la verte allée au bout de laquelle, toute en blanche robe, tu brilles. À ton sourire ce jour-là sur la gentille assemblée réunie. J'ai prié sans aucune religion pour toi. J'ai chéri chacune de tes simples apparitions et tu as fait le jour dans mon âme et dans ma maison. Je t'ai chérie comme un dévot. Évidemment je n'ai pas su très bien le dire, tout ça.

La guerre, ma petite, m'abandonne. Je suis là et je pars avec ta joue dans ma main ; son moelleux pour mes baisers qui résonnent.

Je t'aime déter. ♥♥

Papa

LETTRE AU GAMIN, DATÉE DU 10 JUILLET.

Bonjour mon fils. Je vais te parler d'homme à homme. Je suis fier de l'homme que tu es.

C'est dur, mon garçon, de te quitter. Je t'avais dit que ce serait bientôt. C'est maintenant. Il nous faut nous empoigner virilement une dernière fois et tâcher de ne pas pleurer. C'est dur mon fils. Sois juste et ferme avec quiconque mais surtout avec les femmes quand tu te penches sur elles. Sois doux mon chéri, car c'est dans la douceur qu'est l'origine. La vie naît de la caresse. C'est la caresse de l'homme sur la femme qu'il aime, et la douceur de son penché sur elle qui fait l'enfant. On a trop peur, nous les hommes, d'être doux. Rien ne le montre, et rien ne l'apprend.

Sois un homme juste, mon fils. Nous avons deux versants. Quand la force s'injecte dans ton muscle, et quand elle surgit de ta main, elle doit trouver le chemin jusqu'à la caresse vers la joue de ton enfant.

C'est le moment, gamin. Comme on dit chez les jeunes et

comme tu aimes répéter : « Vas-y ! » Du coup mon garçon, ma joie, ma force, mon fils : j'y vais.

Papa

LETTRE NON DATÉE.

Bonjour mon tout petit. Maman te lira cette lettre, car mon écriture est difficile à lire. Toi tu écris bien, et il faut continuer. Tu continueras à bien t'appliquer n'est-ce pas ?

Mon petit, je crois que Papa ours a menti dans l'histoire qu'on lisait. Le nez-nez quand tu as du chagrin, le papa ours qui veille sur son petit quand il a peur, ses rêves qu'il accompagne pour les réaliser, tout ça c'est bon. Mais tu sais à la fin quand Papa ours il dit « Je serai toujours là », eh bien ça c'est pas toujours vrai. Et aujourd'hui je ne peux pas te le dire à nouveau. Parce que… parce que je ne suis plus là mon petit. Ta voix qui m'appelle, tes yeux qui m'interpellent, ta gentillesse qui m'étreint mieux que ce froid qui m'enveloppe, tout ça je ne pourrai plus l'avoir. Tout à l'heure, c'est Maman qui te lira les histoires et je ne serai plus là après pour le baiser du soir. Demain matin, c'est Maman qu'il faudra aller voir pour le petit déjeuner, mais avant ça pour pleurer sans doute encore longtemps.

Tu es mon petit et tu m'as enchanté, chaque jour durant, autant que peut l'être un ours. Tu vois j'ai peut-être menti quand je t'ai dit que je serais toujours là, mais je n'ai pas menti toutes les fois où je t'ai dit que tu étais mon trésor. Tu es mon trésor. Grandis mon fils, cours, nage, ris. Sois toujours reconnaissant vis-à-vis de ta mère. Viens la voir souvent plus tard quand tu seras policier. Je le saurai alors et j'en serai content. Va voir ton frère pour cueillir sa force et va chérir ta sœur, auprès d'eux tu trouveras les chemins qui vous relient.

Là où je vais, je ne peux pas te prendre avec moi, il te faut rester avec Maman, ton frère et ta sœur. C'est dur à comprendre et même moi je ne l'accepte pas. Tu pourras être en colère, de toutes tes forces et longtemps, contre tout le monde et aussi contre moi. Maman te dira que je ne rends jamais les armes. Mais ce ne sont pas les armes qu'on m'ôte, c'est la guerre. Je suis vaillant mais sans bataille ! Armé mais sans ennemi et pourtant je dois quand même me rendre. J'ai gagné la guerre, mais elle était contre moi-même, l'ennemi c'était moi. Et j'ai gagné. Pour te le dire dans ta langue de petit, c'est comme si j'étais un policier mais il n'y a plus de menottes et plus de voleurs.

Je ne sais pas te laisser mon petit, je ne sais pas. Je voudrais te tenir avec mes mots. Les mots sont une chose étrange mon trésor, dont il faudra apprendre à te méfier. Il faut certes bien les écrire, mais il faut aussi savoir bien les entendre. Et aussi bien les dire. Tout cela est très difficile et moi par exemple je n'ai jamais été très bon pour les bien dire. Voilà mon chéri, les mots que je voulais que tu puisses lire aujourd'hui et plus tard. C'est un peu compliqué mais en essayant de les comprendre, aujourd'hui et plus tard, ce sera comme être un peu ensemble.

Oui les voleurs sont partis avec toutes les menottes et les policiers se trouvent démunis. Non, mon chéri, les papa ours ne sont pas toujours là. Oui je t'aime, si fort mon petit, mais ma truffe grelotte et je me sens las. Non mon trésor, dans le noir de ta chambre tu n'entendras plus « je serai toujours là », mais un jour à tes enfants, quand tu seras papa à ton tour, s'il te plaît, tu le leur diras. Jour après jour, fois après fois, dans le noir sans lune de leur chambre, dans un souffle de voix, « Je serai toujours là ».

Papa

LETTRE À MAMINETTE, NON DATÉE.

Mon Amour, pourquoi commencer alors qu'il n'y a là qu'à finir ? Je ne te quitte pas. Une dernière majuscule toute tendue vers un dernier point. Finir c'est finir de te dire, et puis voltiger. Finir ce serait finir ton pas, là, sur ce parquet, toi qui entres m'apporter à l'étage un léger biscuit et une lavande en sachet ? Ta main près de mon carnet et ton souffle en sourire, finir de chérir l'amour en même temps que la malice. Finir ton dos clairsemé de grains de peau tous inventoriés ? Finir notre encyclopédie imparfaite des choses minuscules, et notre appétit l'un pour l'autre, finir ton cou cendré, et de ton baiser finir de défaire l'opercule ? Et puis la fin. C'est ça la fin ? Finir de mouiller ces yeux, tes grands yeux bleu lucarne, mais – alors – finir tes yeux c'est finir la vue. Finir aussi les larmes.

C'est la fin ma chérie, ne m'en veux pas. Je ne savais dans quel ordre le faire, d'abord notre au revoir à l'ombre du tilleul et puis ensuite cette lettre écrite que tu lis seule ? Je ne te quitte pas.

Je ne te quitte pas vois-tu, car je ne sais pas te quitter. De tous ces jours qui m'étaient pourtant refusés, et que j'ai grattés, ces semaines excédentaires je les ai conquises dans mon costume de Pépé pour encore te voir et caresser tes cheveux. Oui un au revoir de cheveux. Je n'ai nulle part où aller sans toi. Aucune escale et aucun lieu. Je ne sais regarder que là où tu te tiens, comme moi, muette, et désespérée. Je n'ai rien à te dire. Je t'aime bien sûr mais pas plus aujourd'hui qu'autrefois, je ne le répète donc pas.

Est-ce qu'un capitaine abandonne son navire, ou le guerrier déserte la mêlée ? Non bien sûr ! Est-ce que le vent, ou même l'air avant lui, se défait de la vallée ? Non, il l'enserre et l'embrasse, et lui dévore la figure. Je ne te quitte pas mon Amour. Je suis le revers de ta peau. Je t'aime mon amour, je ne le répète pas. J'inspire l'air que tu refoules et tu es le son de mon pas. La douleur n'est aucunement de n'être pas, mais bien sûr d'être sans toi.

Je n'ai rien à te dire ma chérie, que le grand vent pour te chérir et t'embrasser. Je veux toujours être l'air qui t'entoure, la ridule de ton souffle sur le liquide chaud dans ta main et la prochaine apaisante gorgée ; ou sur l'horizon la gentille barbule qui imprime en altitude la marque du mouillé. Je suis le vent mon Amour, celui qui entre les collines fraîchit et accélère. Je suis le filet d'air qui fait frémir ton cou. Je suis l'air entre mes lèvres et ton oreille où chahutent des mots uniques qui te font protester, et serrer un peu les cuisses.

Pousse-moi je t'en prie dans le grand vent, voltiger dans le grand vent qui se pourlèche sur le versant d'une côte joufflue.

Je ne serai là rien que cendres et indiscipline rapidement dispersées.

Je t'aime mon Amour, ma chérie, ma vie, ma minette. À toujours mon Amour, je m'envole, aspiré par les basses pressions. Je ne te quitte pas, disons que je place un peu d'air entre ma main et ta joue. Ce n'est pas que je pars, ce n'est pas ça, ce n'est pas que le vent m'emporte, et que la vie et le souffle cessent, c'est que ma main, ma main mon Amour, ma main dans ta main, ma main sur ta joue, abandonne sa caresse.

P.

Cet ouvrage
a été mis en pages par In Folio,
reproduit et achevé d'imprimer
en mai 2022
dans les ateliers de Normandie Roto Impression s.a.s.
61250 Lonrai
N° d'imprimeur : 2202482

Imprimé en France

Dépôt légal : août 2022